Le Dernier Problème
La Maison vide

ÉTONNANTS • CLASSIQUES

CONAN DOYLE

Le Dernier Problème
La Maison vide

Traduction de BERNARD TOURVILLE

Présentation, chronologie, notes et dossier par
NATHALIE MEYNIEL,
professeur de lettres

GF Flammarion

Du même auteur
dans la même collection

Trois Aventures de Sherlock Holmes

Édition revue, 2007.
ISBN : 978-2-0812-0520-8
ISSN : 1269-8822

SOMMAIRE

Le Dernier Problème
La Maison vide

PRÉSENTATION

L'auteur et son personnage

Arthur Conan Doyle naît en 1859 à Édimbourg (Écosse) ; ses lointains ancêtres (XIVe siècle) étaient originaires d'un village de Normandie, Ouilly-sur-Orne. Au cours des siècles, leur nom, Douilly, s'est anglicisé en Doyle. Le jeune Arthur connaît une enfance heureuse ; élève des jésuites, il a un goût très vif pour la lecture, en particulier pour les romans de Jules Verne et ceux de Walter Scott, qui ont pour cadre le Moyen Âge. Après ses études secondaires, il séjourne un an en Allemagne où il découvre l'écrivain américain Edgar Poe et son enquêteur, le chevalier Dupin. Puis il s'inscrit à la faculté de médecine d'Édimbourg, où il fait la connaissance du docteur Bell. Après des voyages comme médecin de bord sur des navires à destination de l'océan Arctique ou de l'Afrique occidentale, il se marie et ouvre un cabinet médical.

En attendant les clients qui sont rares, Conan Doyle a tout le loisir de se consacrer à la littérature. Il publie des nouvelles et un roman, sans grand succès. En 1886, le manuscrit d'*Une étude en rouge*, premier récit où apparaît Sherlock Holmes, est refusé par de nombreux éditeurs. Mais Conan Doyle continue à écrire, en particulier des romans historiques.

C'est en 1891, grâce à la publication dans le *Strand* d'*Un scandale en Bohême*, première nouvelle d'une série de six, réunies sous le titre d'*Aventures de Sherlock Holmes* que Conan Doyle connaît un succès extraordinaire. Le mythe de Sherlock Holmes est né ! Le célèbre détective n'est pas tout droit sorti de l'imagination de Conan Doyle : il emprunte à Bell des caractéristiques physiques (nez aquilin, visage sec, maigreur, haute taille, allure dégingandée) et des qualités d'observation et de déduction que Doyle avait pu admirer lorsque Bell examinait des patients. Sherlock Holmes est aussi le disciple du chevalier Dupin, « le magistral policier d'Edgar Poe », accompagné d'un ami admiratif et dévoué, narrateur des succès du détective qui annonce le personnage de Watson.

Les propositions financières du *Strand* sont si alléchantes que Conan Doyle continue à publier des nouvelles policières jusqu'en 1893. Pourtant, il ne peut plus supporter son personnage qui, écrit-il à sa mère, « l'empêche de travailler à des choses meilleures », de faire « une œuvre littéraire au vrai sens du terme » : « J'ai une telle overdose de lui, comme d'un pâté de foie gras dont j'aurais trop mangé, que l'évocation même de son nom me donne encore la nausée » (lettre à un ami). Il publie *Le Dernier Problème*.

Le scandale du *Dernier Problème*

Au mois d'octobre 1893, des millions d'Anglais vivent des heures difficiles et agitées ; en signe de deuil, certains hommes mettent à leur chapeau un crêpe noir, des centaines d'ouvriers se déclarent grévistes et des parlementaires interpellent le gouvernement à la Chambre en signe de protestation. Qui peut bien provoquer autant d'émotion dans le cœur des Anglais d'ordinaire si flegmatiques ? Arthur Conan Doyle !

Arthur Conan Doyle qui, même aux yeux de sa propre mère, s'est rendu coupable d'un crime impardonnable : au fond des chutes de Reichenbach, en Suisse, gît le corps de l'homme auquel Conan Doyle devait fortune et succès, Sherlock Holmes, le célèbre détective résidant au 221, Baker Street, Londres. Tel est le paradoxe de ces journées dramatiques d'octobre 1893 : ce n'est pas la disparition d'un être de chair et de sang, mais celle d'un être de papier, issu de l'imagination d'un écrivain, qui suscite autant de passion. Depuis six ans, les Anglais lisaient avec délice et ferveur les aventures de leur héros, publiées dans un célèbre magazine, *The Strand*. Or, dans la vingt-quatrième nouvelle, intitulée *Le Dernier Problème*, Conan Doyle a mis fin aux jours de son illustre personnage. Comment en est-il arrivé là ?

Le Dernier Problème et *La Maison vide* occupent une place à part parmi les nouvelles policières de Conan Doyle et sont de véritables défis littéraires : comment faire accepter au public la mort de son héros ? Comment rendre naturelle et plausible la résurrection de celui que recouvrait le linceul des eaux tourbillonnantes des chutes de Reichenbach ? *Le Dernier Problème*[1] voit donc l'affrontement sans merci de Sherlock Holmes et de Moriarty, le « Napoléon du crime », puissance occulte qui règne sur la pègre londonienne. Les deux adversaires se ressemblent beaucoup : goûts, physique, capacités intellectuelles, psychologie... mais Moriarty met tous ces dons au service du Mal. Sherlock Holmes, lui, représente le Bien et combat Moriarty pour purifier Londres. Ainsi Conan Doyle a-t-il essayé de rendre acceptable la disparition de son héros en le faisant périr sous les coups d'un adversaire aussi doué que lui.

1. *Le Dernier Problème* : ce titre peut avoir plusieurs sens. Il peut s'agir du dernier problème soumis à Sherlock Holmes, la dernière énigme qu'on lui demande de résoudre ou du dernier problème de Conan Doyle qui a enfin réussi à se débarrasser d'un personnage encombrant.

Un récit qui n'est plus un récit policier

Dès lors, *Le Dernier Problème* par son contenu et par sa forme ne s'apparente plus vraiment au genre policier.

On ne retrouve pas la structure habituelle des nouvelles policières de Sherlock Holmes [1] : une enquête est demandée, le héros la mène avec brio et finit par expliquer sa démarche à Watson, qui n'en saisit pas toujours le sens.

En outre, Conan Doyle ne respecte pas toutes les règles énoncées par Edgar Poe pour élaborer une nouvelle policière : brièveté, nécessité d'établir un plan préalable, d'éviter la confusion des genres et de retarder la révélation finale.

Dès les premières lignes, le ton de Watson est inhabituel : il a le cœur lourd et ressent dans sa vie un terrible « vide ». D'emblée, le lecteur pressent l'horrible drame et très vite ne peut avoir de doute : Sherlock Holmes n'est plus de ce monde. La vérité n'éclate donc pas, comme d'ordinaire, à la fin du récit, mais dès les premières lignes.

Toutefois, Conan Doyle a ménagé une règle d'or, celle du suspens : le lecteur attendra les toutes dernières pages pour apprendre comment son héros a disparu. Sherlock Holmes ne résout donc aucune énigme, ce qui est par définition la base du récit policier ; il est vrai néanmoins qu'il provoque la mort d'un « méchant ».

Bien plus, Conan Doyle pratique le mélange des genres proscrit par Poe : la longue course poursuite entre Sherlock Holmes et son adversaire à travers l'Angleterre et l'Europe fait songer au

1. On peut se référer au volume déjà paru dans la même collection : Conan Doyle, *Trois Aventures de Sherlock Holmes*.

roman d'aventures à la Jules Verne, alors que d'habitude Sherlock Holmes ne quitte jamais le territoire anglais. Le duel entre Moriarty et Sherlock Holmes relève de l'épopée : ce face-à-face solitaire dans un lieu grandiose et sauvage – loin des regards de Watson, commun des mortels – a tout du combat épique : « Aux yeux de ses contemporains, le professeur Moriarty était un personnage aussi démoniaque qu'Hitler de nos jours. Le vainqueur de Moriarty devenait un chevalier errant ou un héros national » (George Orwell).

Comme dans une tragédie, le destin de Sherlock Holmes semble inévitable : il est seul face à son sort, personne ne peut lui être d'aucune aide, ni Watson, ni la police qui a d'ailleurs laissé filer Moriarty ; le temps et l'espace se resserrent jusqu'au drame ultime : la mort.

Des personnages transformés

Le couple formé traditionnellement par Holmes et Watson éclate : si Watson n'était que le miroir de Sherlock, homme « assez neutre [pour lui (Sherlock Holmes)] servir de repoussoir, instruit, homme d'action capable tout à la fois de l'assister dans ses entreprises et de les raconter » (Conan Doyle), que devient-il à la mort du détective ?

Le Watson « sans éclat » fait place à un autre homme. Il n'est plus le simple chroniqueur des exploits de son ami mais il est devenu son héritier, le seul à pouvoir faire la lumière sur sa disparition et à pouvoir le réhabiliter. Il est donc investi d'une mission. « Son rôle est complètement inversé. Cette fois, c'est lui qui sait. Il n'a plus de questions naïves à poser [...]. Watson va parler, comme seul Holmes savait le faire » (J.-P. Rebour).

La Maison vide rétablit l'inégalité entre les deux personnages : Watson a fait erreur sur la première énigme – la mort de Sherlock – et ne parvient pas à résoudre la seconde – l'assassinat de Ronald Adair. Watson fut le premier trompé par Holmes qui reprend la parole et délivre la vérité qu'il est le seul à détenir.

Sherlock Holmes est rétabli dans son rôle de détective et il apparaît au cours de ces deux nouvelles non pas seulement comme celui qui démonte les énigmes mais comme celui qui est capable d'en créer une, celle de sa mort. C'est un Sherlock Holmes créateur qui nous est présenté dans ces textes.

Les deux nouvelles

Sept années durant, Conan Doyle a tenu bon et a laissé Sherlock Holmes au fond du gouffre de Reichenbach. Mais, en 1901, il reprend la plume pour raconter l'histoire du *Chien des Baskerville* où Sherlock Holmes enquête sur une affaire antérieure à sa disparition. Puis, en 1903, séduit par une extraordinaire offre financière du *Strand*, Conan Doyle fait revivre, au sens propre du terme, son personnage dans une nouvelle intitulée *La Maison vide*. Désormais, Conan Doyle ne se séparera plus de Sherlock Holmes.

La Maison vide relève donc un défi important : ressusciter Sherlock Holmes ! Dix années ont passé et Conan Doyle jouit de la bienveillance du public, mais l'exercice demeure difficile. Il opte pour la solution la plus simple : Sherlock Holmes a pu sortir des chutes de Reichenbach puisqu'il n'y était jamais tombé !

Ainsi s'opère un curieux renversement d'une nouvelle à l'autre : l'une prépare le lecteur à accepter la mort de son héros, l'autre sa résurrection, les deux récits étant assumés par Watson qui laisse libre cours à ses sentiments.

Le génie de Conan Doyle est de réussir à présenter cette réapparition de façon naturelle, comme une péripétie de plus dans la vie de Sherlock Holmes, même si c'est au prix de quelques accommodements avec le texte du *Dernier Problème*. Ainsi la bande de Moriarty censée être sous les verrous dans *Le Dernier Problème* réapparaît-elle et le nombre d'individus la composant ne cesse de varier au cours du texte de *La Maison vide*. De même, pour pouvoir justifier la fuite de son héros, Conan Doyle va jusqu'à prétendre que la description des chutes faite par Watson est inexacte ! Mais Sherlock Holmes est de nouveau là, inchangé, toujours aussi vif intellectuellement et physiquement.

Conan Doyle assure le lien entre les deux nouvelles grâce à la lutte de Sherlock Holmes contre Moriarty et ses complices : s'il voyage en Orient, c'est pour leur échapper (mais il met son temps à profit et rend d'éminents services à la Couronne anglaise) ; s'il revient à Londres, c'est parce qu'il est sûr de pouvoir éliminer la dernière tête du réseau, le colonel Moran. Ultime habileté de Conan Doyle : il voulait offrir à ses lecteurs le plaisir de lire une énigme policière ; il entrelace donc deux niveaux d'intrigue avec le meurtre inexpliqué de Ronald Adair dans un lieu clos, un classique du genre. Et le coupable n'est autre que Moran. Conan Doyle, dans *La Maison vide*, justifie ainsi *Le Dernier Problème* et réaffirme les talents de son héros. Preuve, s'il en est, de l'affection que portait en définitive Conan Doyle à Sherlock Holmes.

CHRONOLOGIE

1859 1930

1859 1930

- Repères historiques et culturels
- Vie et œuvre de l'auteur

Repères historiques et culturels

1841-1842	*Double Assassinat dans la rue Morgue, La Lettre volée, Le Mystère de Marie Roget* : trois nouvelles d'Edgar Poe, ayant pour héros le chevalier Dupin.
1865	Émile Gaboriau publie *L'Affaire Lerouge* résolue par le père Tabaret, un amateur, directement inspiré du chevalier Dupin. Y apparaît aussi l'inspecteur Lecoq dont les méthodes seront imitées par Sherlock Holmes.
1867	Réforme électorale : doublement du nombre des électeurs. Attentats terroristes irlandais sur le sol anglais.
1871	Existence légale des trade-unions, les syndicats anglais.
1870-1880	Instruction primaire obligatoire. Développement de la presse à bon marché. Agitation des Irlandais qui demandent l'autonomie.
1884-1885	Nouvelle réforme électorale : l'Angleterre devient démocratique.

Vie et œuvre de l'auteur

1859	Naissance d'Arthur Conan Doyle.
1870-1875	Doyle est l'élève des jésuites à la Public School de Stonyhurst.
1875-1876	Élève des jésuites en Allemagne, Doyle lit Edgar Poe.
1882	Doyle ouvre un cabinet médical à Southsea. Il écrit son premier roman, *Girdlestone et Cie*, publié en 1886.
1887	Parution d'*Une étude en rouge*, d'abord refusé par les éditeurs.
1890	Parution de la deuxième aventure de Sherlock Holmes, *Le Signe des quatre*, dans un magazine américain.
1891	*Juillet* : *Un scandale en Bohême*. *Août* : *La Ligue des Rouquins* dans *The Strand*.

Repères historiques et culturels

1901	Mort de la reine Victoria qui régnait depuis plus de soixante ans (1837).
1905	Maurice Leblanc publie *L'Arrestation d'Arsène Lupin*, première aventure du gentleman cambrioleur.
1906	Fondation du parti travailliste anglais.
1907	Début du feuilleton de Gaston Leroux, *Le Mystère de la Chambre Jaune*, ayant pour héros le jeune journaliste Rouletabille.
1910	Mort d'Édouard VII. Avènement de George V.
1910-1914	Énormes mouvements de grève des dockers, cheminots, mineurs.
1911	Début de la publication du roman-feuilleton *Fantômas* dont le héros est un meurtrier raffiné, mégalomane et maniaque.

Vie et œuvre de l'auteur

1892 *Janvier* : *Le Ruban moucheté* dans *The Strand*. Publication des six premières nouvelles sous le titre *Aventures de Sherlock Holmes*. Doyle abandonne la médecine pour se consacrer entièrement à la littérature. *Novembre* : parution des *Mémoires de Sherlock Holmes*.

1893 *Octobre* : parution du *Dernier Problème* où Conan Doyle élimine Sherlock Holmes. Doyle se consacre à d'autres romans, et au spiritisme dont il est un fervent adepte depuis 1887.

1900 Conan Doyle se présente aux élections comme député. Il est battu.

1901 Début de la parution du *Chien des Baskerville* dans *The Strand*.

1902 Doyle est fait chevalier à Buckingham Palace et devient Sir Arthur Conan Doyle.

1903 Sherlock Holmes retrouve la vie dans *La Maison vide* (*The Strand*), première nouvelle du recueil *Résurrection de Sherlock Holmes*.

1906 Mort de la première épouse de Doyle.

1907 Second mariage de Doyle.

1910 Naissance d'Adrian, futur auteur des *Exploits de Sherlock Holmes*.

1912 Publication du *Monde perdu* ayant pour héros le professeur Challenger.

Repères historiques et culturels

1914 Vote du *Home Rule* : l'Irlande reçoit la plus grande autonomie, tout en restant liée à l'Angleterre.
Août : entrée en guerre aux côtés de la France contre l'Allemagne.

1918 Fin de la Première Guerre mondiale.
En Angleterre, les femmes obtiennent le droit de vote.

1920 Première apparition d'Hercule Poirot, le détective belge, dans *La Mystérieuse Affaire de Styles* d'Agatha Christie.

1924 Le docteur Locard, directeur du laboratoire de Criminalistique de Lyon, publie *Précis de roman et de laboratoire* : il y accorde ses éloges aux méthodes d'investigation de Dupin, aux enquêtes de Gaboriau et de Sherlock Holmes.

1930 Agatha Christie publie *L'Affaire Prothero* : le détective est une vieille dame, Miss Marple.

1931 Georges Simenon publie *M. Gallet décédé* ayant pour héros le commissaire Maigret.

Vie et œuvre de l'auteur

1916 Doyle affirme dans un article sa croyance en la communication avec les morts.

1917 *Son dernier coup d'archet* : Sherlock Holmes mis à la retraite.

1917-1924 Doyle se consacre à des publications et à des conférences internationales en faveur du spiritisme.

1924 Publication de son autobiographie, *Souvenirs et Aventures*.

1925 Doyle fonde une librairie spirite à Londres. Il rencontre le docteur Locard, auteur de *Policiers de roman et de laboratoire*.

1927 Publication des *Archives sur Sherlock Holmes*.

1930 Mort de Sir Arthur Conan Doyle.

Le Dernier Problème
La Maison vide

Le Dernier Problème

C'est avec tristesse que je prends ma plume pour évoquer une dernière fois les talents prestigieux qui firent, de mon ami M. Sherlock Holmes, un être exceptionnel. Non sans incohérence et, je le sens profondément, d'une manière indigne, j'ai tenté de raconter quelques-unes des aventures que j'ai vécues en sa compagnie, depuis le bienheureux hasard qui nous réunit à l'époque de « l'Étude en Rouge » jusqu'aux jours où il intervint dans l'affaire du « Traité naval[1] », intervention qui eut pour principal effet d'éviter de sérieuses complications internationales. J'avais l'intention de m'arrêter là, et de ne rien dire de l'événement qui a creusé dans ma vie un vide que deux années n'ont absolument pas comblé. Toutefois les dernières lettres dans lesquelles le colonel James Moriarty défend la mémoire de son frère me forcent la main. Je ne peux plus hésiter. Il faut que j'expose au public les faits tels qu'ils se sont déroulés. Moi seul connais la vérité totale sur l'affaire. La taire aujourd'hui ne servirait que l'injustice.

Pour autant que je sois informé, trois récits seulement ont paru dans la presse : celui du *Journal de Genève* le 6 mai 1891, la dépêche Reuter[2] qu'ont publiée les journaux anglais du 7 mai, et enfin les

---

1. ***Une étude en rouge*** et ***Le Traité naval*** sont deux nouvelles de Conan Doyle.

2. ***Dépêche Reuter*** : l'agence Reuter, du nom de son fondateur, est une agence de presse britannique ayant pour fonction de centraliser des informations qui sont ensuite reprises par les journaux.

lettres récentes auxquelles j'ai fait allusion. Les deux premiers ont été fortement condensés, et le dernier n'est pas autre chose, comme je le montrerai, qu'un travestissement des faits. Il m'appartient donc de raconter pour la première fois ce qui se passa exactement entre le professeur Moriarty et M. Sherlock Holmes.

On se rappelle peut-être qu'après mon mariage et l'installation subséquente de mon cabinet médical, les relations très intimes qui avaient existé entre Holmes et moi se modifièrent jusqu'à un certain point. De temps à autre, il venait me chercher quand il avait besoin d'un compagnon pour ses enquêtes, mais ces occasions se raréfièrent au point qu'en 1890 mes notes ne me signalent que trois affaires que nous fîmes ensemble. Pendant l'hiver de cette année et le début du printemps de 1891, j'avais lu dans les journaux que le gouvernement français l'avait chargé d'une mission capitale ; je reçus d'ailleurs de Holmes deux billets, datés l'un de Narbonne l'autre de Nîmes, d'où j'avais déduit que son séjour en France serait vraisemblablement de longue durée. Ce fut donc avec un certain étonnement que je le vis entrer dans mon cabinet de consultation le 24 avril au soir. Je remarquai qu'il paraissait encore plus blanc et plus maigre que d'habitude.

« Oui, j'en ai usé un peu trop librement avec moi-même ! fit-il en répondant plus à mon regard qu'à mes paroles. J'ai été terriblement bousculé ces temps-ci. Verriez-vous un inconvénient à fermer les volets ? »

La seule lumière de la pièce provenait de ma lampe de bureau car je lisais. Holmes sans attendre longea le mur, attrapa les volets, et les attacha solidement.

« Vous avez peur de quelque chose ? demandai-je.

– Oui. J'ai peur.

– De quoi ?

– De fusils à vent.

– Mon cher Holmes, qu'entendez-vous par là ?

– Je pense que vous me connaissez assez, Watson, pour admettre que je ne suis d'aucune façon un nerveux. D'autre part, ce n'est pas être courageux, c'est être stupide que de refuser de croire au danger quand il vous menace de près. Avez-vous une allumette ?... »

Il aspira une grande bouffée de fumée, comme si elle pouvait avoir une influence apaisante sur lui.

« ... Je vous dois des excuses pour vous déranger si tard, reprit-il. Et j'irai jusqu'à vous prier de faire fi des conventions pour m'autoriser à quitter bientôt votre maison en escaladant le mur de votre jardin.

– Enfin, qu'est-ce que cela signifie ? »

Il me tendit une main et je vis à la lumière de la lampe que deux de ses articulations étaient brisées et saignaient.

« Ce n'était pas le vent, cela ! dit-il en souriant. Au contraire c'était assez solide pour qu'un homme manquât de se briser la main dessus. Est-ce que Mme Watson est ici ?

– Elle est sortie pour faire une visite.

– Vraiment ! Vous êtes seul ?

– Tout à fait seul.

– Alors je suis plus à l'aise pour vous proposer de partir avec moi passer une semaine sur le continent [1].

– Où ?

– Oh ! n'importe où. Partout, c'est la même chose pour moi ! »

Tout cela était étrange. Holmes ne m'avait guère accoutumé à prendre des vacances oisives [2]. Par ailleurs, la pâleur de son visage, la crispation de ses traits me révélaient que ses nerfs étaient soumis à une tension très dure. Il lut dans mes yeux une interrogation et, réunissant les extrémités de ses longs doigts minces avec ses coudes posés sur ses genoux, il m'expliqua la situation.

« Vous avez sans doute déjà entendu parler du professeur Moriarty ?

---

1. ***Continent*** : l'Europe par opposition à l'Angleterre qui est une île.

2. ***Vacances oisives*** : vacances inactives, consacrées au loisir.

– Jamais !

– Ah ! voilà bien le côté génial, miraculeux de l'affaire ! s'écria-t-il. Cet homme règne sur Londres et personne n'a jamais entendu parler de lui. C'est ce qui le met sur le pinacle [1] dans l'histoire du crime ! Je vous dis, Watson, avec le plus grand sérieux, que si je pouvais vaincre cet homme, si je pouvais en débarrasser la société, ma carrière serait comblée et je me choisirais une profession moins mouvementée. De vous à moi, les affaires récentes où j'ai aidé la famille royale de Scandinavie et la République française m'ont procuré de quoi terminer mon existence le plus paisiblement du monde, de la manière que j'aime, en consacrant toute mon attention à des recherches chimiques. Mais je ne pourrais pas me reposer, Watson ! Je ne pourrais pas demeurer tranquille sur mon fauteuil si je me disais qu'un homme comme le professeur Moriarty se promène dans les rues de Londres sans être inquiété.

– Qu'a-t-il donc fait ?

– Sa carrière a été extraordinaire. C'est un homme d'une bonne extraction [2], très cultivé, doté par la nature de dons phénoménaux en mathématiques. À 21 ans, il écrivait sur le binôme de Newton un traité qui avait aussitôt un retentissement européen et qui lui valait la chaire de mathématique dans l'une de nos universités secondaires ; selon toutes les apparences, son avenir s'annonçait extrêmement brillant. Mais son sang charriait des instincts diaboliques, criminels. Au lieu de les combattre, il leur a permis de s'épanouir et son extraordinaire puissance mentale s'est mise à leur service. Dans sa ville universitaire, des bruits fâcheux commencèrent à courir ; il dut démissionner de sa chaire [3] et descendit à Londres où il s'établit en qualité de

---

1. ***Le met sur le pinacle*** : Moriarty est un criminel hors pair qui surpasse tous les autres.

2. ***Extraction*** : naissance ; Moriarty appartient probablement à la bonne bourgeoisie.

3. ***Chaire*** : poste de professeur dans une université.

professeur préparant à l'École militaire. Tout cela est connu, mais voici ce que j'ai découvert.

Comme vous le savez, Watson, personne mieux que moi ne connaît le gratin[1] du monde du crime à Londres. Depuis des années, j'avais l'impression que derrière le malfaiteur il existait une sorte de puissance occulte[2], une puissance avec une organisation profonde qui se dressait toujours contre la loi et qui étendait son bouclier pour protéger le coupable. À plusieurs reprises, dans des affaires très diverses (histoires de faux, cambriolages, meurtres), j'avais senti la présence de cette puissance, et j'en avais découvert l'action dans un certain nombre de ces crimes jamais éclaircis à propos desquels je n'étais pas consulté. Depuis des années, je m'efforçais de percer le voile qui l'entourait. Enfin le jour est venu où j'ai saisi le bon fil et je l'ai remonté en suivant mille détours jusqu'au professeur Moriarty, incontestable et célèbre autorité en mathématiques.

Il est le Napoléon du crime[3], Watson. Il est l'organisateur de tous les forfaits, ou presque, qui restent impunis dans cette grande ville. C'est un génie, un philosophe, un penseur de l'abstrait. Il possède un cerveau de premier ordre. Il demeure immobile, comme une araignée au centre de sa toile, mais cette toile-là a un millier de ramifications et il perçoit les vibrations de chacun des fils. Il agit rarement par lui-même. Il se contente d'élaborer des plans. Mais ses agents sont innombrables et merveilleusement organisés. S'agit-il d'un assassinat à commettre, d'un document à soustraire, d'une maison à piller, d'un homme à faire disparaître, l'affaire est soumise au professeur, préparée par lui et exécutée par d'autres. L'agent peut être pris. Dans ce cas, on trouve de l'argent pour sa caution et pour sa défense. Mais le pouvoir central qui utilise cet agent n'est jamais pris. Jamais soupçonné. Telle était

1. ***Gratin*** : expression familière pour désigner l'élite d'une bonne société.
2. ***Puissance occulte*** : puissance cachée qui garde le secret sur elle-même.
3. ***Napoléon du crime*** : empereur du crime.

l'organisation que j'avais découverte par déduction, Watson, et je consacrais toute mon énergie à la démasquer et à l'anéantir.

Mais le professeur s'était entouré de protections si habilement réparties que, quoi que je fisse, il me parut impossible d'obtenir une preuve convaincante dans une enceinte de justice. Vous connaissez mes facultés, mon cher Watson, et, pourtant, au bout de trois mois, je dus convenir que j'avais enfin rencontré un adversaire qui était, sur le plan intellectuel, mon égal. L'horreur que m'inspiraient ses crimes se mêlait à l'admiration dont je saluais son habileté. Mais finalement il fit un faux pas… oh, un petit, tout petit faux pas ! Tout de même, il ne pouvait pas se permettre le moindre faux pas pendant que je le serrais d'aussi près. J'ai pris ma chance. Partant de ce point, j'ai tissé mon filet. Aujourd'hui, il est presque refermé sur lui. Dans trois jours, c'est-à-dire lundi prochain, le fruit sera mûr et le professeur, avec tous ses lieutenants, tombera entre les mains de la police. Alors s'ouvrira le plus grand procès criminel du siècle, qui permettra de résoudre plus de quarante énigmes, et ce sera la corde pour tous… Mais si nous bougeons prématurément, au dernier moment ils nous glisseront entre les doigts.

Si j'avais pu arriver jusque-là sans que le professeur Moriarty en eût le soupçon, ç'aurait été parfait. Mais il est bien trop malin. Il a vu tous mes préparatifs. Il a plusieurs fois tenté de s'échapper de ce réseau où je le réduisais, mais en chaque occasion je l'ai rejeté dedans. Je vous assure, mon ami, que si un compte rendu de ce duel silencieux pouvait être rédigé, il remporterait le premier prix des romans policiers ! Jamais je ne me suis élevé aussi haut, jamais je n'ai été pareillement talonné par un antagoniste [1]. Il coupait gros, je le surcoupais [2] de justesse. Ce matin, les derniers préparatifs étaient accomplis ; il me fallait encore trois jours

1. ***Talonné par un antagoniste*** : suivi de près par un adversaire.
2. ***Il coupait gros, je le surcoupais*** : expressions imagées empruntées au vocabulaire des jeux de cartes : le joueur qui coupe prend la main avec un atout, celui qui surcoupe surenchérit avec un atout supérieur.

pour terminer l'affaire ; j'étais assis dans mon salon pour tout repasser dans ma tête ; et puis, la porte s'ouvrit : le professeur Moriarty était devant moi.

Mes nerfs sont assez solides, Watson, mais je dois vous confesser que j'ai sursauté quand j'ai vu apparaître l'homme à qui je pensais avec tant d'intensité. Son physique m'était très familier. Il est extrêmement grand et mince. Son front s'élance dans une courbe blanche. Il a les yeux profondément enfoncés. Il est imberbe, pâle, ascétique [1] de visage. Il y a du professeur dans son maintien. Ses épaules sont voûtées par l'étude. Sa figure se projette en avant et oscille d'un côté à l'autre : on dirait un serpent. Il me regarda entre ses paupières plissées avec une vive curiosité.

« Votre développement frontal n'est pas aussi accentué que je me l'étais imaginé ! dit-il enfin. C'est une dangereuse habitude de manipuler des armes à feu chargées dans la poche de sa robe de chambre. »

De fait, à peine était-il entré que j'avais immédiatement deviné le danger personnel que je courais. Au fond, il n'avait rien de mieux à faire que de réduire ma langue au silence ! Aussi j'avais pris négligemment le revolver du tiroir et je l'avais glissé dans ma poche. Mais il m'avait vu. Étant donné sa remarque, je posai mon revolver armé sur la table. Il continua à sourire et à cligner de l'œil, mais dans son regard, je discernai quelque chose qui me rendit très satisfait d'avoir eu cette arme dans ma poche.

« Évidemment vous ne me connaissez pas ! me dit-il.

– Au contraire ! Je pense qu'il est évident que je vous connais. Je vous en prie, asseyez-vous. Je puis vous consacrer cinq minutes si vous avez quelque chose à me dire.

– Tout ce que j'ai à vous dire, vous le savez déjà, me répondit-il.

– Alors vous savez déjà peut-être ce que je vous répliquerai ?

1. ***Ascétique*** : froid et sévère.

– Vous vous y tenez ?

– Absolument. »

Il mit la main à la poche. Je m'emparai du revolver. Mais il sortit tout simplement un agenda sur lequel il avait griffonné quelques notes.

« Vous vous êtes mis en travers de mes plans le 4 janvier, me dit-il. Le 23, vous m'avez gêné. Vers la mi-février, vous m'avez sérieusement nui. À la fin de mars, j'ai été complètement contrecarré dans mes plans. Et maintenant, vers la fin d'avril, je me trouve personnellement placé, à cause de votre persécution continuelle, dans une situation qui menace positivement ma liberté. Situation intolérable !

– Auriez-vous une suggestion à me faire ? demandai-je.

– Laissez tomber, monsieur Holmes ! me dit-il en balançant sa tête. Il faut que vous laissiez tomber. Vous le savez.

– Après lundi prochain.

– Tut, tut ! fit-il. Je suis tout à fait sûr qu'un homme de votre intelligence comprend qu'à cette affaire il n'y a qu'une seule issue. Retirez-vous : c'est nécessaire ! Vous avez manœuvré de telle façon qu'il ne nous reste plus que cette solution. Ç'a été pour moi une grande joie intellectuelle que de constater comme vous aviez bien manigancé cette affaire et je vous dis, très sincèrement, que je serais peiné d'avoir à prendre une mesure extrême. Vous souriez, monsieur, mais je vous affirme que ce serait une mesure… définitive !

– Le danger fait partie de mon métier.

– Il ne s'agit pas d'un danger, répondit-il. Il s'agit d'une destruction inévitable. Vous faites obstacle, non seulement à un individu, mais à une puissante organisation. Écartez-vous de notre chemin, monsieur Holmes ! Sinon vous serez anéanti.

– Je crains, dis-je en me levant, que le plaisir de cette conversation ne m'ait fait oublier une affaire d'importance qui m'attend ailleurs. »

Il se leva également, me dévisagea en silence, et secoua tristement la tête.

« Bien, bien ! fit-il. C'est dommage. Mais du moins j'ai fait ce que j'ai pu. Je connais tout votre jeu. Vous ne pouvez rien entreprendre avant lundi. Ç'a été un duel entre vous et moi, monsieur Holmes. Vous espérez me jeter dans le box des accusés. Je vous dis : je ne m'assiérai jamais dans le box des accusés. Vous espérez me vaincre. Je vous dis : vous ne me vaincrez jamais. Si vous êtes assez fort pour me détruire, soyez assuré que je vous en réserve autant.

– Vous m'avez fait beaucoup de compliments, monsieur Moriarty, lui répondis-je. Laissez-moi vous payer de retour : si j'étais sûr que la première éventualité se produisît, j'accepterais joyeusement, dans l'intérêt public, la deuxième.

– Je puis vous en promettre une, mais pas les deux ! »

Sur ce ricanement, il me tourna son dos voûté et quitta mon appartement.

Telle fut, Watson, ma peu banale conversation avec le professeur Moriarty. J'avoue qu'elle produisit sur mon esprit un effet déplaisant. Sa manière de parler, lisse, précise, avait le ton de la sincérité qu'un matamore[1] aurait été incapable d'y mettre. Bien sûr, vous objecterez :

« Pourquoi ne pas prendre contre lui des précautions de police ? » Parce que je suis fermement convaincu que le coup me viendra non de lui, mais de l'un de ses agents. J'en ai les meilleures preuves !

– Vous avez déjà été attaqué ?

– Mon cher Watson, le professeur Moriarty n'est pas homme à laisser pousser l'herbe sous ses pieds. Je suis sorti vers midi pour une petite transaction dans Oxford Street. Je dépassai l'angle qui va de Bentinck Street au croisement de Welbeck Street : un attelage

1. ***Matamore*** : vantard, fanfaron. Moriarty n'a pas menacé Sherlock Holmes à la légère.

de deux chevaux emballés fonça sur moi. Je sautai sur le trottoir et ne fus sauvé que par une fraction de seconde. La voiture que tiraient ces chevaux furieusement conduits tourna par Marybone Lane et disparut en un éclair. Après quoi je me cantonnai sur le trottoir, Watson, mais en descendant Vere Street une brique tomba du toit de l'une des maisons et s'écrasa à mes pieds. J'appelai la police et fis examiner les lieux. Sur le toit, il y avait des briques et des ardoises empilées pour je ne sais quelles réfections et on voulut me faire croire que le vent était le coupable. Bien sûr, je savais que le vent n'y était pour rien, mais comment prouver ? Après cela, je pris un fiacre et arrivai chez mon frère où je passai toute la journée. À présent me voici chez vous. Mais, en chemin, j'ai été attaqué par un passant armé d'un casse-tête. Je l'ai knock-outé [1] et il est sous clef au commissariat. Pourtant je puis d'ores et déjà vous assurer en toute confiance qu'aucun rapport ne sera établi entre le matraqueur sur les dents de qui je me suis abîmé la main et le célèbre professeur de mathématiques qui résolvait sur un tableau noir, au même moment, des équations compliquées à quinze kilomètres de là. Vous ne vous étonnerez donc pas, Watson, si mon premier soin en entrant chez vous a été de fermer les volets, et si je vous ai demandé l'autorisation de quitter votre maison par une sortie moins voyante que votre porte de façade. »

J'avais souvent admiré le courage de mon ami, mais jamais je ne l'admirai davantage tandis qu'il me résumait cette série d'incidents dont la combinaison aurait dû réussir un exploit horrible.

« Voulez-vous passer la nuit ici ? demandai-je.

– Non, mon ami ! Vous pourriez trouver que je suis un invité dangereux. J'ai mes projets, et tout se passera bien. Les choses en sont maintenant arrivées à ce point que sans mon concours elles se dérouleront jusqu'à l'arrestation ; ma présence sera toutefois nécessaire pour obtenir la condamnation. Il est donc évident que je ne saurais rien faire de mieux que de partir pendant les quelques

1. ***Je l'ai knock-outé*** : je l'ai assommé en lui donnant un coup de poing.

jours qui me séparent du moment où la police aura la liberté d'agir. C'est pourquoi vous me feriez un grand plaisir si vous vouliez m'accompagner sur le continent.

– La clientèle est calme, dis-je. Et j'ai un voisin complaisant. Je serai ravi de vous suivre.

– De partir demain matin ?

– Si c'est nécessaire, oui.

– Oh oui ! c'est nécessaire ! Alors, mon cher Watson, voici vos instructions. Je vous prie de vous y conformer à la lettre, car vous êtes à présent engagé avec moi dans un double contre le plus habile coquin et le plus puissant syndicat criminel de l'Europe. Alors, écoutez-moi bien : faites porter cette nuit vos bagages à Victoria[1] par un commissionnaire de confiance. Demain matin, vous ferez venir un fiacre, mais ne prenez ni le premier ni le second qui pourraient se présenter. Vous sauterez dans un troisième fiacre et vous vous ferez conduire au bout du Strand[2]. Vous tendrez au cocher l'adresse que vous aurez écrite sur un morceau de papier en lui recommandant de ne pas le jeter. Préparez votre monnaie et, au moment où votre fiacre s'arrêtera, foncez par les arcades et arrangez-vous pour arriver de l'autre côté à neuf heures et quart. Là vous trouverez une petite charrette anglaise rangée contre le trottoir et conduite par un cocher revêtu d'une lourde cape noire fermée au cou par un galon rouge. Vous vous y glisserez et vous arriverez à Victoria juste à temps pour prendre l'express du continent.

– Où vous retrouverai-je ?

– À la gare. Le deuxième compartiment de première classe en tête du train nous sera réservé.

– Le compartiment est donc notre lieu de rendez-vous ?

– Oui. »

Ce fut en vain que je demandai à Holmes de demeurer chez moi pour la nuit. Il pensait vraiment que sa présence sous mon toit

---

1. ***Victoria*** : nom d'une des gares de Londres.
2. ***Strand*** : une des principales avenues de Londres.

risquait de m'attirer des ennuis, et ce fut la raison pour laquelle il refusa mon offre. Il me précisa encore quelques projets pour la journée du lendemain, puis il se leva, sortit avec moi dans le jardin, escalada le mur qui longeait Mortimer Street, siffla aussitôt un fiacre, et je l'entendis s'éloigner.

Le lendemain matin, j'obéis scrupuleusement aux instructions de Holmes. J'eus un fiacre qu'on alla me chercher avec tant de précautions qu'il ne pouvait être celui qu'on aurait peut-être désiré que je prisse. Je me fis conduire devant les arcades, que je traversai à toutes jambes. Une charrette anglaise attendait ; un cocher massif enveloppé dans un manteau noir fit démarrer son cheval dès que j'eus sauté à l'intérieur, et fonça vers Victoria. Il me déposa et vira immédiatement pour quitter la gare sans me gratifier du moindre regard.

Jusque-là, tout s'était admirablement passé. Mes bagages étaient à quai et je n'eus aucune difficulté pour trouver le compartiment que Holmes m'avait indiqué : il était le seul sur lequel figurait l'étiquette : « Réservé ». Une seule chose m'inquiétait : Holmes n'apparaissait pas. L'horloge de la gare m'indiqua qu'il ne restait plus que sept minutes avant le départ du train, mais je cherchais vainement parmi les groupes de voyageurs la silhouette élancée de mon ami. Je passai quelques minutes à aider un vénérable abbé italien qui, dans un anglais détestable, essayait de se faire comprendre d'un porteur, et qui désirait que ses bagages fussent expédiés sur Paris. Puis, après une nouvelle ronde sur le quai, je revins dans mon compartiment. Hélas, le porteur, en dépit de l'étiquette « Réservé », y avait installé mon ecclésiastique italien ! Comment lui expliquer que sa présence constituait une véritable intrusion ? Je parlais aussi mal l'italien que lui l'anglais ! Je me bornai à hausser les épaules et je me remis à guetter mon ami. Un petit frisson me parcourut l'échine : son absence ne signifiait-elle pas qu'un malheur lui était arrivé ? Déjà les portières étaient fermées et le sifflet du chef de train avait retenti quand…

« Mon cher Watson, fit une voix, vous n'avez même pas daigné me souhaiter le bonjour ! »

Je me retournai, ahuri. Le vieil ecclésiastique me regardait. En un instant, les rides disparurent, le nez s'éloigna du menton, la lèvre inférieure cessa de tomber lourdement et la bouche de marmonner, les yeux ternes retrouvèrent tout l'éclat de leur feu, le corps prostré se redressa : Holmes m'apparut comme par enchantement.

« Seigneur ! m'écriai-je. Vous m'avez confondu !

– Toutes les précautions sont encore indispensables ! chuchota-t-il. J'ai tout lieu de croire qu'ils sont sur notre piste. Tenez, voilà Moriarty en personne ! »

Le train avait démarré. Regardant sur le quai, je vis un homme de grande taille qui se frayait son chemin parmi la foule et qui agitait un bras comme s'il souhaitait que le train s'arrêtât. C'était trop tard, pourtant, car notre vitesse s'accrut rapidement et la gare s'estompa derrière nous.

« Vous voyez qu'avec toutes nos précautions, il s'en est fallu de peu ! », dit Holmes en riant.

Il se mit debout, rejeta sa soutane noire et le chapeau qui l'avaient déguisé, les enferma soigneusement dans un sac à main.

« Avez-vous lu le journal ce matin, Watson ?

– Non.

– Vous n'avez donc rien lu sur Baker Street ?

– Baker Street ?

– Notre appartement [1] a failli brûler cette nuit. Il n'y a pas eu beaucoup de dégâts.

– Mon Dieu, Holmes ! Mais c'est intolérable !

– Ils ont dû perdre ma trace à partir du moment où j'ai fait arrêter leur matraqueur. Et, évidemment, ils n'ont pas imaginé que j'étais retourné chez moi. Ils vous ont sans doute filé, et c'est ce qui a conduit Moriarty à Victoria. En vous rendant à la gare, vous n'avez pas fait de faute ?

1. ***Notre appartement*** : avant son mariage, Watson partageait l'appartement de Sherlock Holmes.

– J'ai fait exactement ce que vous m'aviez indiqué.

– Vous avez trouvé la charrette anglaise ?

– Oui. Elle m'attendait.

– Vous avez reconnu le cocher ?

– Non.

– C'était mon frère Mycroft. Il est heureux que j'aie pu me débrouiller sans mettre un mercenaire[1] dans ma confidence ! Mais maintenant nous devons réfléchir à ce que nous devons faire avec Moriarty.

– Comme ce train est un express et que le bateau assure sa correspondance, j'ai l'impression que nous l'avons semé définitivement.

– Mon cher Watson, je vois bien que vous ne m'avez pas compris quand je vous déclarais que cet homme devait être placé au même niveau que moi sur le plan de l'intelligence. Vous ne pensez pas que si j'étais le chasseur, je renoncerais à mon gibier dès le premier obstacle ? Alors pourquoi le juger moins favorablement ?

– Que va-t-il faire ?

– Ce que je ferais.

– Que feriez-vous donc ?

– Je louerais un train spécial.

– Mais il doit être trop tard.

– Pas du tout. Notre train s'arrête à Canterbury. Et il y a toujours un quart d'heure d'attente au bateau. Il nous rattrapera là.

– On dirait que nous sommes des criminels ! Faisons-le arrêter à son arrivée.

– Ce qui ruinerait un travail de trois mois. Nous capturerions le gros poisson, mais les plus petits demeureraient en dehors du filet. Lundi prochain nous les aurons tous. Non, une arrestation est impensable !

– Alors, quoi ?

– Nous descendrons à Canterbury.

1. ***Mercenaire*** : homme embauché et payé pour la circonstance.

– Et puis ?

– Eh bien, nous ferons à travers la campagne une très jolie promenade jusqu'à Newhaven, puis de là nous gagnerons Dieppe. Moriarty de nouveau agira comme j'agirais. Il arrivera à Paris, notera nos bagages et nous guettera deux jours à la consigne. Mais nous, entre-temps, nous nous serons offert deux sacs de voyage, afin d'encourager l'industrie des pays que nous traverserons, et nous gagnerons tout à loisir la Suisse, via Luxembourg et Bâle. »

J'avais trop voyagé pour être véritablement contrarié par la perte de mes bagages ; j'avoue pourtant que j'étais fâché d'avoir à ruser et à me cacher devant un bandit. Mais Holmes réalisait naturellement la situation mieux que moi. À Canterbury donc, nous descendîmes et on nous annonça qu'il nous faudrait attendre une heure pour le train de Newhaven.

J'étais encore en train de regarder avec chagrin le fourgon qui emportait ma garde-robe, quand Holmes me tira par la manche et me désigna la voie ferrée.

« Déjà, regardez ! », me dit-il.

Au loin, parmi les bois du Kent, surgissait un panache de fumée. Une minute plus tard, un convoi formé d'une locomotive et d'une seule voiture apparaissait sur le grand virage qui précède la gare. Nous eûmes juste le temps de nous dissimuler derrière une pile de malles et de valises quand il passa devant nous.

« Et voilà ! dit Holmes en le regardant filer à toute vapeur. L'intelligence de notre ami a tout de même des limites. Ç'aurait été un vrai coup de maître s'il avait déduit ce que j'allais déduire et s'il avait agi en conséquence.

– Et que nous aurait-il fait s'il nous avait rattrapés ?

– Oh ! pas de doute : il aurait essayé de me tuer ! Heureusement c'est un jeu qui se joue à deux. Toute la question pour l'instant est de décider si nous déjeunons de bonne heure ici ou si nous nous laissons périr d'inanition [1] jusqu'au buffet de la gare de Newhaven. »

---

1. ***D'inanition*** : de faim.

Nous allâmes jusqu'à Bruxelles où nous séjournâmes deux jours. Au matin du troisième jour, nous nous rendîmes à Strasbourg. Le lundi matin, Holmes avait télégraphié à la police de Londres, et le soir nous trouvâmes la réponse en rentrant à l'hôtel. Holmes la prit et, avec un juron, la roula en boule, pour la jeter dans le feu.

« J'aurais dû le prévoir ! gémit-il. Il s'est échappé !

– Moriarty ?

– Toute la bande est sous les verrous, sauf lui. Il leur a joué la fille de l'air[1]. Naturellement, à partir du moment où je quittais l'Angleterre, il ne restait plus personne capable de rivaliser avec lui ! Mais vraiment je croyais leur avoir remis toutes les cartes en main ! Je crois que vous feriez mieux de rentrer en Angleterre, Watson.

– Pourquoi ?

– Parce que je serai désormais un compagnon trop dangereux. Ce personnage n'a plus d'occupations. S'il revient à Londres, il est perdu. Je ne crois pas me tromper en disant qu'il va consacrer toute son énergie à se venger. Dans notre petite conversation il me l'a donné à entendre, et il n'est pas homme à avoir changé d'avis. Très amicalement je vous conseille d'aller retrouver votre clientèle ! »

Cette suggestion n'avait guère de chance d'être écoutée de la part d'un vieux soldat et d'un vieil ami. Pendant une demi-heure, nous demeurâmes assis dans notre salle à manger de Strasbourg à discuter, mais le soir nous reprîmes notre randonnée et partîmes pour Genève.

Pendant une semaine charmante, nous remontâmes la vallée du Rhône, puis, bifurquant à Lenk, nous franchîmes le col de la Gemmi encore enneigé pour redescendre sur Meiringen[2] par Interlaken. Ce fut une randonnée ravissante, avec tous les verts

1. ***Jouer la fille de l'air*** : s'enfuir.
2. ***Meiringen*** : bourg suisse situé dans la vallée de l'Aare, canton de Berne.

délicats du printemps au-dessous de nous et au-dessus la blancheur virginale de l'hiver. Mais pas un instant Holmes n'oublia l'ombre de son ennemi. Dans les paisibles villages des Alpes ou dans les cols isolés, rien qu'à le voir scruter tous les visages, je devinais sa conviction que nous ne pourrions pas échapper au danger qui nous menaçait.

Une fois, je m'en souviens, pendant notre passage de la Gemmi, nous longions le mélancolique Daubensee [1]. Brusquement un gros rocher se détacha du flanc de la montagne sur notre droite, dévala la pente et vint s'écraser dans le lac derrière nous. En quelques secondes Holmes avait escaladé la crête et, debout sur un roc, avait tordu le cou dans toutes les directions. Ce fut en vain que notre guide lui affirma que la chute d'une pierre était au printemps et à cet endroit un incident tout naturel. Il ne répondit rien, mais il me regarda en souriant avec l'air d'un homme qui vient d'assister à la réalisation de ce qu'il avait prévu.

Et cependant, bien qu'il fût constamment aux aguets, il n'était nullement abattu. Au contraire, je ne me rappelais pas l'avoir jamais vu plus exubérant. À plusieurs reprises, il me répéta que s'il pouvait avoir la certitude que la société était débarrassée du professeur Moriarty il abandonnerait sa chasse aux criminels.

« Je crois, Watson, que je puis dire que je n'ai pas tout à fait vécu inutilement, me confia-t-il. Si ma carrière se terminait ce soir, je pourrais en dresser le bilan avec une bonne conscience. J'ai purifié l'air de Londres. Dans plus de mille affaires, je ne pense pas avoir utilisé pour le mal les dons qui m'ont été impartis… Je suis de plus en plus tenté de me plonger dans les problèmes que pose la nature et qui sont beaucoup moins superficiels que ceux dont une société artificielle est responsable. Vos livres touchent à leur fin, Watson. Vous n'aurez plus rien à écrire sur moi à partir du jour où j'aurai couronné ma carrière par la capture ou l'extermination du criminel le plus redoutable et le plus intelligent d'Europe. »

---

1. ***Daubensee*** : nom d'un lac.

Je serai bref, et précis en même temps, pour le peu qui me reste à dire. Le sujet ne se prête pas aux longueurs, il est trop pénible. Mais le devoir me commande de n'omettre aucun détail.

Nous arrivâmes le 3 mai au petit village de Meiringen, et nous installâmes à l'Hôtel des Anglais qui était tenu par le vieux Peter Steiler. Notre hôtelier parlait un excellent anglais car il avait servi pendant trois ans en qualité de garçon de restaurant au Grosvenor Hotel à Londres. Il nous conseilla dans l'après-midi du 4 de traverser les montagnes et de passer la nuit dans le hameau Rosenlaui. Il nous recommanda toutefois avec énergie de faire un crochet pour admirer les chutes de Reichenbach [1] qui sont situées à mi-côte.

En vérité, l'endroit est terrifiant. Le torrent, gonflé par la fonte des neiges, se précipite dans un gouffre d'où l'écume rejaillit en tourbillonnant comme la fumée d'une maison en feu. La cheminée dans laquelle se rue le torrent est une brèche immense bordée de rocs luisants, noirs comme du charbon, et qui va en se rétrécissant pour aboutir à une cavité insondable où l'eau bouillonne et lèche avec rage les parois effritées. Le vertige vous prend à considérer longtemps cette masse d'eau verte qui rugit et cette écume qui plane dans un sifflement ininterrompu. Nous restâmes un bon moment devant le précipice, fascinés par l'éclat de l'eau qui venait se briser contre les rochers noirs et par le cri presque humain qui accompagnait le rejaillissement de l'écume contre le gouffre.

Pour que le touriste pût mieux admirer le spectacle, un sentier avait été aménagé qui contournait la moitié du gouffre. Mais il se terminait juste au bord et le touriste n'avait plus qu'à revenir sur ses pas. Nous allions l'emprunter pour nous rapprocher quand nous vîmes un garçon du pays courir vers nous avec une lettre à la main. Elle m'était adressée et elle portait l'en-tête de l'hôtel où nous étions descendus. L'hôtelier m'informait que, peu après notre départ, une dame anglaise au dernier degré de la

1. ***Reichenbach***: torrent affluent de l'Aare; chutes de quatre-vingt-dix mètres.

consomption [1] était arrivée. Elle avait passé l'hiver à Davos et elle voyageait pour rejoindre des amis de Lucerne quand une subite hémorragie s'était déclarée en route. Elle n'avait plus que quelques heures à vivre, mais ce serait pour elle une grande consolation si elle pouvait voir un docteur anglais, et si je pouvais revenir, etc. Le bon Steiler m'assurait dans un post-scriptum qu'il considérait ma complaisance comme une grande faveur, car la dame se refusait absolument à consulter un médecin suisse, et qu'une lourde responsabilité lui incombait de ce fait.

Comment rester sourd à cet appel ? Je ne pouvais pas me dérober devant la requête d'une compatriote qui agonisait dans un pays étranger. Pourtant j'étais contrarié à l'idée de quitter Holmes. Finalement, nous décidâmes qu'il garderait avec lui le jeune messager suisse pour lui servir de guide et de compagnon pendant que je retournerais à Meiringen. Mon ami m'annonça son intention de rester encore quelques instants près des chutes, puis il marcherait tranquillement vers Rosenlaui où je le rejoindrais dans la soirée. En me retournant, j'aperçus Holmes adossé contre un rocher, les bras croisés, le regard perdu dans la contemplation de l'eau tourbillonnante. Ce fut la dernière fois où je le vis en ce monde.

Quand j'atteignis le bas de la descente, je me retournai encore une fois. De cet endroit, il était impossible de voir les chutes mais je distinguai le sentier qui les contournait. Sur ce sentier, je me le rappelle bien, un homme cheminait rapidement. Sa silhouette sombre se détachait nettement sur l'herbe environnante. Je remarquai l'énergie avec laquelle il marchait, mais comme je me dépêchais, je ne m'attardai pas à l'observer longuement.

Il me fallut un peu plus d'une heure pour regagner Meiringen. Le vieux Steiler se tenait sous le porche de son hôtel.

« Eh bien, lui dis-je, j'espère que son état ne s'est pas aggravé ? »

Une expression de surprise passa sur son visage ; quand je vis ses sourcils se hausser, mon sang se glaça.

---

1. ***Consomption*** : épuisement.

« Ce n'est pas vous qui m'avez écrit cette lettre ? Il n'y a pas à l'hôtel une Anglaise malade ?

– Certainement non ! s'écria-t-il. Mais voici l'en-tête de l'hôtel sur l'enveloppe... Ah ! cette lettre a dû être écrite par un grand Anglais qui est arrivé juste après votre départ ! Il m'a dit... »

Mais je n'avais plus besoin des explications de l'hôtelier. Grelottant d'angoisse, je me précipitais déjà dans la rue du village vers le sentier que je venais de descendre. Il m'avait fallu une heure pour revenir. En dépit de tous mes efforts, il m'en fallut deux avant de me retrouver devant les chutes de Reichenbach. L'alpenstock[1] de Holmes était encore appuyé contre le roc auprès duquel je l'avais laissé. Mais il n'y avait aucune trace de lui, et ce fut inutilement que je l'appelai. En guise de réponse je ne reçus que l'écho de ma voix roulant entre les rochers.

L'alpenstock me révélait que Holmes n'était pas allé à Rosenlaui. Il était resté sur cet étroit sentier entre une muraille rocheuse d'un côté et un précipice à pic de l'autre, jusqu'à ce qu'il fût surpris par son ennemi. Le jeune Suisse avait disparu. Sans doute avait-il été payé par Moriarty pour laisser les deux hommes face à face. Et à ce moment-là, que s'était-il passé ? Qui pourrait nous dire ce qui s'était passé ?

Je demeurai immobile quelques instants pour réfléchir, l'horreur de l'événement m'accablait. Puis je me rappelai les propres méthodes de Holmes et je m'efforçai de les appliquer dans cette tragédie. Hélas, c'était trop facile ! Saisis par la grandeur du décor, nous n'étions pas allés jusqu'à l'extrémité du sentier : l'alpenstock indiquait l'endroit où nous nous étions arrêtés. Le sol noirâtre, perpétuellement humecté par l'écume, aurait conservé les empreintes d'un oiseau. Deux lignes de pas étaient nettement visibles : elles se dirigeaient vers l'extrémité du sentier. Il n'y en avait pas en sens inverse qui marquassent leur retour. À quelques mètres avant le bord du précipice, le sol était piétiné et boueux ;

1. ***Alpenstock*** : bâton ferré utilisé autrefois pour les excursions en montagne.

les ronces et les fougères qui longeaient le gouffre étaient arrachées, foulées aux pieds. Je me mis à plat ventre pour regarder au fond de l'abîme. L'écume du torrent m'arrosait mais je ne m'en souciais guère. Le jour avait baissé, je ne voyais rien d'autre que le miroitement de l'eau contre les parois noires et, tout au fond du précipice, l'éclat du torrent qui reprenait sa course. J'appelai ; mais je ne reçus d'autre réponse que ce perpétuel cri presque humain des eaux qui se brisaient sous moi.

Le destin voulut cependant que me parvînt un dernier salut de mon camarade et ami. J'ai dit que son alpenstock était demeuré appuyé contre un rocher qui bordait le sentier. Mon regard fut attiré par un objet qui brillait en haut de cette pierre. Je levai une main et je découvris que c'était l'étui à cigarettes en argent que Holmes portait habituellement sur lui. Quand je le saisis, un petit carré de papier qui avait été posé en dessous de l'étui voleta jusqu'au sol. Je le ramassai, le dépliai : c'était trois pages de son carnet ; elles m'étaient adressées. Il était bien dans le caractère de Sherlock Holmes que l'écriture eût cette fermeté ; dans son bureau, il n'aurait pas tracé ces mots avec plus de sang-froid :

Mon cher Watson,

Je dois à la courtoisie de M. Moriarty de vous écrire ces quelques lignes. Il consent à attendre mon bon plaisir pour que nous procédions au règlement final des questions pendantes entre nous. Il m'a résumé les méthodes grâce auxquelles il a échappé à la police anglaise et s'est tenu informé de tous nos déplacements. Ces méthodes confirment la très haute opinion que je m'étais formée de ses capacités. Je suis satisfait à la pensée que je vais délivrer la société de sa présence, bien que je craigne que ce ne soit au prix d'un sacrifice qui attristera mes amis et vous spécialement, mon cher Watson. Je vous ai déjà expliqué toutefois que ma carrière avait atteint son apogée[1] *; aucun dénouement ne me paraît plus*

1. ***Apogée*** : la carrière de Sherlock Holmes est arrivée à son comble, à son point le plus élevé.

décent que celui-ci. En vérité, pour tout vous avouer, j'étais tout à fait persuadé que la lettre de Meiringen était un piège, et je ne vous ai pas retenu parce que j'étais sûr de ce qui allait se passer. Prévenez l'inspecteur Patterson que les papiers dont il a besoin pour faire condamner la bande sont dans le casier M, enfermés dans une enveloppe bleue sur laquelle est écrit : « Moriarty ». Avant de quitter l'Angleterre, j'avais disposé de tous mes biens en faveur de mon frère Mycroft. Je vous prie de transmettre mon souvenir à Mme Watson et de me croire, mon cher ami, très sincèrement vôtre.

Sherlock Holmes.

Je n'ajouterai que quelques lignes. L'examen des lieux par des experts laisse supposer qu'un combat singulier a opposé les deux hommes et qu'il s'est terminé comme il fallait s'y attendre : ils ont dû rouler enlacés dans le gouffre. Tenter de retrouver leurs corps était hors de question. Là, au fond de cette eau tourbillonnante, sous ce linceul [1] d'écume fumante, reposent à jamais le plus dangereux criminel et le plus grand champion [2] de la loi de cette génération. Le jeune Suisse n'a jamais été retrouvé ; sans doute était-il l'un des agents de Moriarty. Quant à la bande que celui-ci dirigeait, le public se rappelle encore la multiplicité des preuves que Holmes avait amassées contre elle et de quel poids pesa au procès la main du mort. Les débats n'ont pas révélé grand-chose de leur terrible chef. Si j'ai été contraint de faire la lumière sur sa carrière, la responsabilité en incombe aux hommes injustes qui ont voulu défendre sa mémoire en attaquant celui que je considérerai toujours comme le meilleur et le plus sage de tous les hommes que j'aie connus.

1. ***Linceul*** : le linceul est une pièce de toile dans laquelle on ensevelit les morts ; ici, il s'agit de l'eau du torrent qui recouvre les deux cadavres.
2. ***Champion*** : défenseur.

La Maison vide

Au printemps de 1894, tout Londres s'émut, et la haute société s'épouvanta, de la mort de l'Honorable [1] Ronald Adair, assassiné dans des circonstances étranges, inexplicables. L'enquête de police a mis en lumière certains détails, mais tout n'a pas été dit : en effet l'accusation disposait d'une base si solide qu'elle n'a pas jugé nécessaire de produire les faits dans leur totalité.

Aujourd'hui seulement, c'est-à-dire dix ans après, me voici en mesure de présenter au public l'enchaînement complet des événements. Certes le crime lui-même ne manquait pas d'intérêt ! Mais ses suites m'apportèrent la surprise la plus grande et le choc le plus violent d'une vie pourtant fertile en aventures. Encore maintenant, lorsque j'y réfléchis, je retrouve en moi un écho de cette subite explosion de joie, de stupeur et d'incrédulité qui m'envahit alors. Que le lecteur me pardonne ! Je sais jusqu'à quel point il s'est passionné pour les quelques histoires qui lui ont révélé les pensées et les actes d'un homme tout à fait exceptionnel. Mais qu'il ne me blâme pas de ne pas lui avoir appris plus tôt la nouvelle ! Ç'aurait été mon premier devoir si je n'avais été empêché de le remplir par la défense formelle qui m'avait été faite et qui n'a été levée que le 3 du mois dernier.

Mon étroite amitié avec Sherlock Holmes avait suscité et développé un goût profond pour l'enquête criminelle. Ce goût survécut à la disparition de mon camarade. Je ne manquai jamais par la

1. ***Honorable*** : Ronald Adair appartient à la noblesse anglaise, il est le fils d'un comte ; « Honorable » est un titre qui lui est donné pour cette raison.

suite d'étudier les diverses énigmes que l'actualité proposait au public. Plus d'une fois, mais uniquement pour mon plaisir personnel, je voulus m'inspirer de ses méthodes pour trouver des solutions… avec, j'en conviens, un succès inégal. Rien néanmoins n'aviva plus ma curiosité que la tragédie dont Ronald Adair fut la victime. Et quand je lus dans la presse les témoignages recueillis au cours de l'enquête qui avait entraîné un verdict d'assassinat contre inconnu ou inconnus, je mesurai toute l'étendue de la perte que la mort de Sherlock Holmes avait infligée à la société.

Cette affaire mystérieuse fourmillait de particularités qui, j'en étais sûr, l'aurait déchaîné. La police aurait vu son action secondée, et probablement anticipée, par l'agilité intellectuelle et la prodigieuse faculté d'observation du premier détective d'Europe. Je me rappelle que ce jour-là, tout en passant la revue de mes malades, je tournai et retournai dans ma tête les éléments dont je disposais pour reconstituer le drame sans pouvoir mettre sur pied une explication satisfaisante… Allons, au risque de répéter une vieille histoire trop connue, je vais récapituler d'abord les faits établis par l'enquête.

L'Honorable Ronald Adair était le deuxième fils du comte de Maynooth, gouverneur à l'époque d'une colonie australienne. La mère d'Adair était rentrée d'Australie pour subir l'opération de la cataracte. Elle habitait avec son fils Ronald et sa fille Hilda au 427 de Park Lane. Le jeune homme fréquentait la meilleure société ; selon tous les renseignements recueillis il n'avait pas de mauvais penchants et on ne lui connaissait pas d'ennemis. Il avait été fiancé à Mlle Edith Woodley, de Carstairs ; mais les fiançailles avaient été rompues quelques mois plus tôt d'un commun accord, et rien ne permettait de penser que cette rupture eût laissé derrière elle des regrets profonds. L'existence de Ronald Adair déroulait ses orbes [1] réguliers à l'intérieur d'un petit monde bien délimité ; et son

1. ***Orbes*** : image empruntée à l'astronomie ; orbe est synonyme ici d'orbite : Ronald Adair mène une vie réglée au sein du même cercle fermé, l'aristocratie londonienne.

tempérament ne le portait guère au sentiment ni à la sensiblerie. Tel était le jeune aristocrate sur qui une mort étrange s'abattit au soir du 30 mars 1894, entre dix heures et onze heures vingt.

Ronald Adair aimait les cartes. Il jouait beaucoup, mais jamais à des taux scandaleux. Il faisait partie des cercles[1] Baldwin, Cavendish, et de Bagatelle. Après dîner, lc jour de sa mort, il joua un tour de whist[2] au cercle de Bagatelle. Dans l'après-midi et au même endroit, il avait également fait une partie. Ses partenaires, M. Murray, Sir John Hardy et le colonel Moran témoignèrent que les jeux avaient été sensiblement d'égale force et qu'il n'y avait pas eu de grosse différence d'argent. Adair avait peut-être perdu cinq livres, mais pas davantage. Jouissant d'une fortune considérable, il n'avait aucune raison d'être affecté par une perte de cet ordre. Avec régularité, il fréquentait tantôt un cercle, tantôt un autre : c'était un joueur prudent, qui gagnait souvent. Récemment, avec le colonel Moran comme partenaire, il avait gagné la coquette somme de 240 livres contre Godfrey Milner et Lord Balmoral.

Le soir du crime, il était rentré chez lui exactement à dix heures. Sa mère et sa sœur étaient sorties : elles passaient la soirée chez une parente. La domestique déposa qu'elle l'avait entendu pénétrer dans la pièce du devant du deuxième étage qu'il utilisait comme salon personnel. Auparavant, elle y avait allumé du feu ; celui-ci dégageant de la fumée, elle avait ouvert la fenêtre. Le salon demeura silencieux jusqu'à onze heures vingt. Lady Maynooth et sa fille, dès leur retour, voulurent dire bonsoir à Ronald. Lady Maynooth essaya d'entrer. La porte était fermée de l'intérieur. Elles frappèrent, appelèrent, mais leurs cris demeurèrent sans réponse. Finalement, la porte fut forcée. Le corps de l'infortuné jeune homme gisait près de la table, la tête horriblement fracassée par une balle explosive de revolver, mais dans la

1. ***Cercles*** : clubs où les habitués viennent passer leurs heures de loisir à bavarder, jouer, lire.

2. ***Whist*** : jeu de cartes, ancêtre du bridge.

pièce on ne retrouva aucune arme. Sur la table, il y avait deux billets de 10 livres, plus 17 livres et 10 shillings en pièces d'or et d'argent disposées en petites piles de valeur différente. Sur une feuille de papier, figuraient aussi quelques chiffres avec en regard des noms d'amis de club. On en déduisit qu'avant sa mort, il était en train de chiffrer ses gains et ses pertes aux cartes.

Un examen minutieux acheva de rendre l'affaire inexplicable. En premier lieu, il fut impossible de déceler le motif pour lequel le jeune homme se serait enfermé à clef. Restait l'hypothèse où la porte aurait été fermée par l'assassin qui se serait ensuite enfui par la fenêtre. Mais la fenêtre était bien à sept mètres au-dessus d'un parterre de crocus en plein épanouissement. Or ni les fleurs ni le sol ne présentaient la moindre trace de désordre, et on ne releva aucune empreinte de pas sur l'étroite bande d'herbe qui séparait la maison de la route. Apparemment donc, c'était le jeune homme qui s'était lui-même enfermé. Mais comment avait-il été tué ? Personne n'aurait pu grimper par le mur jusqu'à la fenêtre sans laisser trace de son escalade. Et si l'assassin avait tiré par la fenêtre, ç'aurait été un tireur absolument hors de pair puisqu'il avait infligé avec un revolver une blessure aussi effroyable. Par ailleurs, Park Lane est une artère fréquentée : il y a, à moins de cent mètres, une station de fiacres. Personne n'avait entendu le coup de feu. Et pourtant le cadavre était là, ainsi que la balle de revolver, aplatie comme toutes les balles à pointe tendre, qui avait dû provoquer une mort instantanée. Tels étaient les éléments du mystère de Park Lane, que compliquait encore l'absence de mobile valable puisque, comme je l'ai déjà dit, le jeune Adair n'avait pas d'ennemi connu et que l'argent était resté sur la table.

Toute la journée donc, je réfléchis à ces faits. Je m'efforçai de mettre sur pied une théorie capable de les concilier, de découvrir cette ligne de moindre résistance[1] que mon pauvre ami considérait

---

1. ***Ligne de moindre résistance*** : les faits sont mystérieux et résistent à l'analyse. Watson cherche donc un élément qui lui permette d'attaquer le problème.

comme le point de départ de toutes ses enquêtes. J'avoue que je n'aboutis à rien. Dans la soirée, je fis un tour dans le Park, je le traversai et me trouvai vers six heures du côté de Park Lane. Un groupe de badauds, le nez pointant vers une certaine fenêtre, m'indiqua la maison du crime. Un grand gaillard maigre avec des lunettes à verres fumés, qui me fit l'impression d'être un policier en civil, était en train d'émettre une théorie de son cru que les autres écoutaient. Je m'approchai pour tendre l'oreille, mais ses propos me parurent si stupides que je me retirai du groupe en pestant contre le sot discoureur. En reculant, je me heurtai à un vieillard difforme qui se tenait derrière moi, et je fis tomber quelques livres qu'il portait sous son bras. Je les ramassai, non sans avoir remarqué que le titre de l'un d'eux était *L'Origine de la religion des arbres*. Certainement son propriétaire était un pauvre bibliophile qui, soit professionnellement, soit par marotte [1], collectionnait des livres peu connus. Je lui présentai mes excuses, mais le bonhomme devait attacher un grand prix aux livres que j'avais si involontairement maltraités, car il vira sur ses talons en poussant un grognement de mépris, et je vis son dos voûté et ses favoris blancs disparaître parmi la foule.

J'eus beau observer le 427 de Park Lane, je n'avançai guère dans la solution de mon problème. La maison était séparée de la rue par un mur et une grille dont la hauteur n'excédait pas un mètre cinquante. Il était donc facile pour n'importe qui de pénétrer dans le jardin. Mais la fenêtre me sembla tout à fait inaccessible en raison de l'absence de gouttières ou de tout objet pouvant faciliter l'escalade d'un homme agile. Plus intrigué que jamais je repris le chemin de Kensington. J'étais dans mon cabinet depuis cinq minutes quand la bonne m'annonça un visiteur. À ma grande surprise, elle introduisit mon vieux bibliophile de tout à l'heure : son visage aigu, parcheminé, se détachait d'un encadrement blanc comme neige ; il portait toujours sous son bras droit ses précieux livres, une douzaine au moins.

---

1. ***Marotte*** : manie.

« Vous êtes surpris de ma visite, monsieur ? », me demanda-t-il d'une voix qui grinçait bizarrement.

Je reconnus que je l'étais.

« Eh bien, monsieur, c'est que j'ai une conscience, voyez-vous ! Je marchais clopin-clopant quand vous êtes entré dans cette maison. Alors je me suis dit que j'allais dire un mot à ce monsieur poli pour lui expliquer que si j'avais été un tant soit peu brusque dans mes manières, il ne fallait pas m'en vouloir, et que je le remerciais beaucoup de m'avoir ramassé mes livres.

– N'en parlons plus ! répondis-je. Puis-je vous demander comment vous saviez qui j'étais ?

– Ma foi, monsieur, je suis un peu votre voisin. Vous trouverez ma petite boutique au coin de Church Street et je serai très heureux de vous y voir, monsieur. Peut-être êtes-vous collectionneur vous-même ? Voici *Oiseaux anglais*, et un Catulle [1], et *La Guerre sainte*... Une véritable affaire, monsieur, chacun de ces livres. Tenez, cinq volumes rempliraient juste la place qu'il y a sur le deuxième rayon derrière vous. Ce vide-là donne à penser que vous n'êtes pas très ordonné, monsieur, n'est-ce pas ? »

Je tournai la tête pour regarder le rayon en question, puis je la tournai à nouveau vers mon bibliophile... Sherlock Holmes était debout de l'autre côté de la table, souriant.

Je bondis sur mes pieds, je le contemplai stupéfait pendant quelques instants, et puis, pour la première et dernière fois de ma vie, je dus m'évanouir. En tout cas, un brouillard gris tourbillonna devant mes yeux et, quand il se dissipa, je m'aperçus que mon col était déboutonné ; j'avais encore sur les lèvres un vague arrière-goût de cognac. Holmes était penché au-dessus de mon fauteuil, un flacon dans la main.

« Mon cher Watson ! me dit la voix dont je me souvenais si bien. Je vous dois mille excuses. Je ne pensais pas que vous étiez aussi sensible. »

---

1. ***Un Catulle*** : ouvrage de Catulle, poète latin du Ier siècle avant J.-C.

Je l'empoignai par le bras.

« Holmes ! m'écriai-je. Est-ce bien vous ? Se peut-il que vous soyez réellement vivant ? Est-il possible que vous ayez réussi à sortir de ce gouffre infernal[1] ?

– Attendez un peu ! Êtes-vous sûr que vous êtes en état de discuter ? Je vous ai infligé une belle secousse avec cette apparition dramatique !

– Oui, oui, je me sens très bien. Mais, en vérité, Holmes, j'en crois à peine mes yeux. Seigneur ! Penser que vous… que c'est vous entre tous les hommes qui êtes là dans mon cabinet !… »

À nouveau, je le saisis par la manche, mais je pinçai son long bras maigre et nerveux.

« … Au moins vous n'êtes pas un pur esprit ! dis-je en lui voyant faire la grimace.

– Cher ami !

– Je suis au comble de la joie. Asseyez-vous et dites-moi comment vous êtes sorti vivant de cet horrible abîme ! »

Il s'assit en face de moi, et il alluma une cigarette avec sa vieille nonchalance accoutumée. Il portait la redingote râpée du marchand de livres, mais il avait posé sur la table la perruque blanche et les vieux bouquins. Il me parut plus mince, et son profil plus aigu, mais le fond blanc de son teint me révéla qu'il n'avait pas mené une existence bien saine depuis sa disparition.

« Je suis ravi de m'étirer, Watson ! Figurez-vous que ce n'est pas drôle pour un homme de ma taille de se raccourcir plusieurs heures de suite d'une trentaine de centimètres… Mais ce n'est pas le moment des explications, mon cher ami ! Nous avons, si toutefois je puis compter sur votre coopération, une rude et dangereuse nuit de travail qui nous attend. Peut-être vaudrait-il mieux que je vous raconte tout quand ce travail aura été achevé ?

– Je suis la curiosité en personne. Je préférerais de beaucoup vous entendre tout de suite !

1. ***Gouffre infernal*** : chutes de Reichenbach (voir *Le Dernier Problème*).

– M'accompagnerez-vous cette nuit ?

– Quand vous voudrez, où vous voudrez !

– Comme au bon vieux temps, alors ? Avant de partir, nous pourrons manger un morceau. Voyons, hé bien, à propos de ce gouffre ? Ma foi, Watson, je n'ai pas eu beaucoup de mal à en sortir, pour la bonne raison que je ne suis jamais tombé dedans.

– Vous n'êtes pas tombé dedans ?

– Non, Watson ! Je ne suis pas tombé dedans. Et pourtant ma lettre, pour vous, était absolument sincère. Je ne doutais guère que je fusse arrivé au terme de ma carrière quand je vis la sinistre silhouette de feu le professeur Moriarty [1] se dresser sur le sentier. Je lus dans ses yeux gris mon arrêt de mort. J'échangeai quelques répliques avec lui et il m'accorda fort courtoisement la permission de vous écrire le court billet que vous trouvâtes ensuite et que je laissai avec mon porte-cigarettes et mon alpenstock [2]. Puis je m'engageai dans le sentier, Moriarty sur mes talons. Arrivé au bord du précipice, je m'arrêtai, aux abois [3]. Il n'avait pas d'armes, mais il se jeta sur moi et ses longs bras se nouèrent autour de mon corps. Il savait qu'il avait perdu. Il ne pensait plus qu'à se venger. Juste au-dessus du gouffre, nous chancelâmes ensemble. Vous n'ignorez point que j'ai un peu pratiqué le haritsu ; c'est une méthode de lutte japonaise qui dans bien des cas m'a rendu d'éminents services. J'échappai à son étreinte, tandis que lui, poussant un cri horrible, battait l'air de ses deux mains sans pouvoir se raccrocher à rien. Impuissant à recouvrer son équilibre, il tomba dans le gouffre. À plat ventre, penché au-dessus de l'abîme, je surveillai sa chute. Il heurta un rocher, rebondit, et s'écrasa au fond de l'eau. »

J'écoutai en souriant cette explication que Holmes me conta entre deux bouffées de cigarette.

---

1. ***Feu le professeur Moriarty*** : qui est mort depuis peu de temps.
2. ***Alpenstock*** : voir note 1, p. 42.
3. ***Aux abois*** : pris au piège, dans une situation désespérée.

« Mais les traces ! m'écriai-je. J'ai vu, de mes yeux vu, deux traces de pas se diriger vers le précipice, et aucune en sens inverse.

– Voici pourquoi. À l'instant même où le professeur disparaissait, je mesurai la chance réellement extraordinaire que m'offrait le Destin. Je savais que Moriarty n'était pas seul à avoir juré ma perte. J'en connaissais au moins trois autres ; la mort de leur chef exaspérerait sans aucun doute leur volonté de vengeance. Tous étaient des individus très dangereux. L'un ou l'autre finirait évidemment par m'avoir ! D'autre part, si le monde entier était convaincu que j'étais mort, ces individus prendraient quelques libertés, se découvriraient et, tôt ou tard, je les détruirais. Alors il serait temps pour moi d'annoncer que j'étais demeuré au pays des vivants. Tout cela s'ordonna dans mon esprit avec une telle rapidité que je crois qu'avant même que le professeur Moriarty eût touché le fond des chutes de Reichenbach, j'avais déjà formulé ma conclusion.

Je me relevai et j'examinai la muraille rocheuse derrière moi. Dans le compte-rendu fort pittoresque que vous avez écrit et que j'ai lu quelques mois plus tard, vous avez affirmé que le roc était lisse. Ce n'était pas tout à fait exact ! Quelques petites marches se présentaient, et il y avait un soupçon de saillie. La muraille était si haute qu'il m'était impossible de l'escalader. Mais, d'autre part, le sentier était si mouillé que je ne pouvais l'emprunter sans y laisser trace de mon passage. J'aurais pu, c'est vrai, mettre mes souliers à l'envers : cela m'est déjà arrivé. Mais trois séries d'empreintes orientées dans le même sens auraient suggéré évidemment une tromperie. Que pouvais-je faire de mieux que me hasarder dans l'escalade ? Ce ne fut pas une plaisanterie, Watson ! J'avais les chutes qui grondaient au-dessous de moi. Je vous jure que je ne suis pas un délirant, mais je croyais entendre Moriarty qui m'appelait du fond du gouffre. La moindre faute m'eût été fatale. Plusieurs fois, quand j'arrachais des touffes d'herbe ou quand mon pied dérapait entre les interstices humides du rocher, je me crus à mes derniers moments. Mais je continuai à grimper. Finalement, je m'agrippai à une sorte de plate-forme couverte d'une tendre mousse verte. Là je pouvais me dissimuler très confortablement. Et j'étais étendu à cette place, mon cher ami, quand je vous ai vu arriver, vous et tous les gens qui vous suivaient pour enquêter de la manière la plus sympathique et la plus efficace sur les circonstances de ma mort.

Lorsque vous eûtes tiré vos conclusions, aussi inévitables qu'erronées [1], vous reprîtes le chemin de l'hôtel et je demeurai seul. Je m'étais imaginé que mes aventures étaient terminées, mais un incident tout à fait imprévu m'avertit que des surprises m'étaient encore réservées. Un gros rocher tomba d'en haut, dévala à côté de moi et dégringola dans le gouffre. D'abord je crus à un hasard. Mais, levant le nez, j'aperçus une tête d'homme qui se détachait sur le ciel qui s'assombrissait, et un deuxième rocher frappa le rebord de la plate-forme sur laquelle j'étais allongé, passa à vingt centimètres de mon crâne... Évidemment, je n'avais plus le droit d'avoir des illusions ! Moriarty n'était pas venu seul. Un complice (et je n'eus pas besoin de le regarder deux fois pour comprendre combien ce complice était déterminé à tout), s'était tenu à l'écart pendant que le professeur m'attaquait. À distance, et sans que je l'eusse vu, il avait grimpé jusqu'en haut de la muraille rocheuse ; de là il s'efforçait de réussir ce que son compagnon avait manqué.

Je ne perdis pas beaucoup de temps à réfléchir, Watson ! À nouveau ce visage sinistre apparut au-dessus de moi et je compris que cette apparition présageait un autre rocher. Alors je décidai de redégringoler jusqu'au sentier. Je ne crois pas que je l'aurais fait de sang-froid. Les difficultés de la montée étaient multipliées par cent. Mais je n'eus pas le loisir de considérer tous les dangers, car une troisième pierre déboula en sifflant pendant que je me retenais par les mains au bord de la plate-forme. À mi-côte, je me laissai glisser : grâce à Dieu j'atterris sur le sentier. Mais dans quel état ! Déchiré, saignant aux mains, aux genoux, au visage... Je pris mes jambes à mon cou, marchai toute la nuit à travers les montagnes, abattis

1. ***Erronées*** : fausses.

quinze kilomètres d'une seule traite… Bref, huit jours plus tard, je me retrouvai à Florence : seul, avec la certitude que personne au monde ne savait ce que j'étais devenu.

Je n'eus qu'un seul confident : mon frère Mycroft. Je vous dois beaucoup d'excuses, mon cher Watson, mais il était trop important qu'on me crût mort, et vous n'auriez certainement pas écrit un récit si convaincant de ma triste fin si vous n'aviez pas été vous-même persuadé que cette fin était véritable. Il m'arriva plusieurs fois, au cours de ces trois dernières années, de tremper une plume dans l'encrier pour vous écrire ; mais craignant une imprudence de votre amitié, je renonçai à courir le risque d'une indiscrétion qui aurait trahi mon secret. Et c'est pour cette même raison que je vous ai tourné le dos ce soir quand vous avez fait tomber mes livres, car je me trouvais en danger, et le moindre signe de surprise ou d'émotion de votre part eût pu me dénoncer et entraîner des conséquences fâcheusement irréparables. Quant à Mycroft, j'avais besoin de le mettre dans ma confidence afin d'avoir l'argent qu'il me fallait. Le cours des événements à Londres n'avait guère répondu à mes espérances : le procès de la bande Moriarty laissa en liberté deux de ses membres les plus dangereux qui étaient mes ennemis les plus acharnés. Je voyageai pendant deux ans au Tibet, je visitai Lhassa et passai plusieurs jours en compagnie du Dalaï-Lama. Peut-être avez-vous entendu parler par la presse des explorations remarquables d'un Norvégien du nom de Sigerson ? Mais je suis sûr que vous n'avez jamais pensé que vous receviez ainsi des nouvelles de votre ami. Ensuite j'ai traversé la Perse[1], visité La Mecque, discuté de choses fort intéressantes avec le calife de Khartoum[2] dont les propos ont été immédiatement communiqués au Foreign Office[3]. Je suis retourné en France ; là j'ai passé

1. ***Perse*** : la Perse correspond à peu près à l'Iran actuel.
2. ***Calife de Khartoum*** : souverain musulman qui avait conquis en 1893 le Soudan et sa capitale Khartoum jusqu'alors occupés par les Anglo-Égyptiens.
3. ***Foreign Office*** : ministère britannique des Affaires étrangères ; Sherlock Holmes fait ici office d'agent secret.

quelques mois à faire des recherches sur les dérivés du goudron de houille dans un laboratoire de Montpellier. Une fois obtenus les résultats que j'en attendais, j'appris que sur mes deux ennemis, il n'en restait plus qu'un en liberté dans Londres. Je me préparais tranquillement à rentrer, quand me parvint la nouvelle du très remarquable mystère de Park Lane : non seulement cette énigme avait de quoi m'intéresser en tant que telle, mais elle me parut offrir quelques possibilités d'un intérêt particulier pour votre serviteur. Je me hâtai de boucler mes valises, arrivai à Londres, réclamai à Baker Street [1] un entretien avec moi-même, déclenchai chez Mme Hudson [2] une violente crise de nerfs, et découvris que Mycroft avait laissé mon appartement et mes papiers parfaitement en état. Et c'est ainsi, mon cher Watson, que vers deux heures cet après-midi, je me trouvais assis sur mon vieux fauteuil dans mon vieux salon, et je ne souhaitais plus qu'une chose : voir mon vieil ami Watson dans le fauteuil d'en face qu'il avait si souvent occupé. »

Tel fut le récit extraordinaire que j'écoutai en cette soirée d'avril. Récit qui n'aurait rencontré que mon incrédulité s'il ne m'avait été confirmé par la présence de ce corps mince, interminable, et de ce visage ardent aux traits accusés que je n'aurais jamais espéré revoir. Il avait sans doute appris quelque chose de la tristesse où m'avait plongé la perte que j'avais faite : son attitude me le révéla plus que ses paroles.

« Le travail est le meilleur antidote [3] au chagrin, mon cher Watson ! Or j'ai pour nous deux un joli travail en vue : un travail qui pourrait justifier toute une vie d'homme sur cette planète !... »

En vain je le priai de m'en dire davantage.

« Avant demain matin, vous verrez et entendrez beaucoup ! me répondit-il. Nous avons d'abord à nous raconter des tas de choses. Mais à neuf heures et demie, en route pour la maison vide ! »

1. ***Baker Street*** : rue où est situé l'appartement de Sherlock Holmes.
2. ***Mme Hudson*** : logeuse et femme de ménage de Sherlock Holmes.
3. ***Antidote*** : remède.

Ce fut tout à fait comme au bon vieux temps : à l'heure dite, je me trouvai assis dans un fiacre à côté de lui, un revolver dans la poche et au cœur le petit frisson des grandes aventures. Holmes était froid, sérieux, taciturne. Les réverbères m'apprirent qu'il avait les sourcils froncés sous l'intensité de la réflexion, et qu'il serrait ses lèvres minces. J'ignorais quelle bête féroce nous allions chasser dans la jungle londonienne du crime, mais, étant donné l'attitude du chasseur, j'étais sûr que cette aventure était d'une gravité exceptionnelle. De temps à autre, un petit sourire sarcastique déformait ses traits austères : mauvais présage pour le gibier !

J'avais cru que nous nous rendions à Baker Street, mais Holmes fit arrêter le cocher au coin de Cavendish Square. Je remarquai que lorsqu'il en descendit il regarda soigneusement à droite et à gauche. D'ailleurs, par la suite, il se retourna à chaque croisement de rues pour s'assurer que nous n'étions pas suivis. Notre route fut assez singulière. Holmes connaissait son Londres comme sa poche ; il n'y avait pas une ruelle qu'il ignorât. Ce soir-là, il me conduisit avec autant de célérité [1] que d'assurance dans un dédale de passages dont je n'avais jamais soupçonné l'existence. Finalement, nous émergeâmes dans une petite rue, bordée de vieilles maisons lugubres, qui aboutissait dans Manchester Street. Nous allâmes jusqu'à Blandford Street. Là, il tourna vivement dans une rue étroite, poussa une porte en bois, franchit une cour déserte, ouvrit avec une clef la porte de service d'une maison, et la referma derrière nous.

L'obscurité était complète. Mais il m'apparut tout de suite que nous étions dans une maison vide. Sur le plancher nu, nos pas craquaient et résonnaient. La main que j'avais tendue devant moi pour me guider toucha un mur d'où le papier pendait en lambeaux. Les doigts glacés et maigres de Holmes emprisonnèrent mon poignet pour me faire traverser un long vestibule. Je distinguai confusément un vasistas au-dessus de la porte du devant.

1. ***Célérité*** : rapidité.

Holmes vira carrément sur sa droite et nous entrâmes dans une grande pièce carrée vide dont les angles étaient plongés dans l'ombre et le milieu faiblement éclairé par les lumières de la rue. Il n'y avait pas de lampadaire à proximité, et la poussière sur les vitres formait une couche si opaque que nous pouvions tout juste distinguer nos silhouettes. Mon compagnon posa une main sur mon épaule et approcha sa bouche de mon oreille.

« Savez-vous où nous sommes ? chuchota-t-il.

– Certainement dans Baker Street, répondis-je en indiquant la vitre sale.

– Exact. Nous sommes dans la maison Camden, qui est située juste en face de notre ancien appartement [1].

– Mais pourquoi sommes-nous ici ?

– Parce que nous jouissons d'une vue excellente sur cette chère vieille demeure si pittoresque. Puis-je vous prier, Watson, de vous rapprocher davantage de la fenêtre, en prenant bien garde toutefois à ne pas vous montrer, et de regarder notre ancien logement, point de départ de tant d'aventures communes ! Vous verrez si mes trois ans d'absence m'ont ôté le pouvoir de vous surprendre. »

Je m'avançai à quatre pattes jusqu'à la fenêtre et regardai de l'autre côté de la rue. Mes yeux remontèrent jusqu'à une fenêtre bien connue, et je ne pus m'empêcher de pousser un cri de stupéfaction. Le store était baissé ; à l'intérieur de la pièce une grosse lampe était allumée. L'ombre d'un homme assis sur une chaise se détachait avec une netteté admirable sur l'écran lumineux de la fenêtre. Il n'y avait pas moyen d'hésiter sur le port de tête, la charpente des épaules, le profil aigu que reproduisait cette ombre chinoise : c'était Holmes. Sous le coup de la surprise, j'allongeai le bras pour être sûr que Holmes en chair et en os se tenait bien à côté de moi. Il s'accorda un petit rire silencieux.

« Alors ? me dit-il.

---

1. ***Notre ancien appartement*** : avant son mariage, Watson partageait l'appartement de Sherlock Holmes.

– C'est merveilleux !

– Je pense que l'âge n'a pas affaibli ni affadi mon sens imaginatif ! fit-il d'une voix que je reconnus pour celle de l'artiste fier de sa création. Est-ce que ça me ressemble, ou non ?

– J'aurais juré que c'était vous !

– Ce petit chef-d'œuvre est dû au talent de M. Oscar Meunier, de Grenoble, qui a passé plusieurs jours à faire le moulage. Il s'agit d'un buste en cire. J'ai complété la mise en scène cet après-midi au cours de mon passage à Baker Street.

– Mais pourquoi ?

– Parce que, mon cher Watson, j'avais toutes les raisons du monde pour faire croire à certaines personnes que j'étais là pendant que je me trouve réellement ailleurs.

– Et vous pensiez que l'appartement était surveillé ?

– Je savais qu'il était surveillé.

– Par qui ?

– Par mes vieux ennemis, Watson ! Par la bande charmante dont le chef repose sous les chutes de Reichenbach. Rappelez-vous qu'ils savaient, et eux seuls le savaient, que j'étais encore vivant. Ils se disaient que tôt ou tard je reviendrais chez moi. Aussi, ils ont monté une garde constante, et ce matin ils m'ont vu arriver.

– Comment le savez-vous ?

– Parce que j'ai reconnu une de leurs sentinelles quand j'ai jeté un coup d'œil par la fenêtre. C'est un type assez inoffensif, qui s'appelle Parker, étrangleur professionnel et remarquable joueur de guimbarde [1]. Je ne me suis pas soucié de lui. Mais je me suis soucié bien davantage du formidable individu qui se tient derrière lui, l'ami de cœur de Moriarty, l'homme qui a essayé de m'écraser à coups de rochers, le criminel le plus rusé et le plus dangereux de

1. ***Guimbarde*** : petit instrument de musique fait de deux branches de fer que l'on maintient dans la bouche et d'une languette métallique que l'index fait vibrer.

Londres. Voilà qu'il s'attaque à moi ce soir, Watson ; mais il ne sait pas que nous, nous allons nous attaquer à lui. »

Les plans de mon ami commençaient à acquérir de la consistance dans mon esprit. De cet abri bien placé, les guetteurs étaient guettés et les chasseurs pris en chasse. L'ombre bien dessinée là-haut était l'appât et nous étions à l'affût. Nous demeurâmes debout en silence dans l'obscurité, surveillant les formes humaines qui passaient et repassaient devant nous. Holmes était immobile et muet, mais il n'avait pas ses yeux dans sa poche : il fixait intensément chaque passant. La nuit froide, venteuse, n'encourageait pas les flâneurs, dont beaucoup avaient relevé leur col. Une ou deux fois, je crus reconnaître une silhouette que j'avais déjà vue passer, et je remarquai en particulier deux hommes qui semblaient se protéger du froid en se collant contre la porte d'une maison un peu plus haut. Je voulus les désigner à mon compagnon, mais il eut un geste d'impatience et il continua à regarder dans la rue. À plusieurs reprises, il s'agita et tambourina légèrement sur le mur. Visiblement, il commençait à s'énerver ; ses projets ne devaient pas s'exécuter comme il l'avait espéré. Enfin, vers minuit, la rue se vida lentement. Il se mit à marcher de long en large, en proie à un énervement incontrôlable. J'allais lui dire je ne sais quoi, quand je levai mes yeux vers la fenêtre éclairée, et, à ce moment, je reçus un nouveau choc de surprise. Je pris le bras de Holmes et le forçai à regarder.

« L'ombre a bougé ! », m'écriai-je.

De fait, ce n'était plus le profil de Holmes mais son dos qui était à présent tourné vers nous.

Trois années n'avaient évidemment pas émoussé les aspérités de son caractère, ni diminué son dédain envers une intelligence moins vive que la sienne.

« Bien sûr, elle a bougé ! me répondit-il. Suis-je donc assez idiot, Watson, pour avoir érigé un mannequin reconnaissable de loin en m'imaginant que l'un des bandits les plus astucieux d'Europe allait se laisser prendre à cette attrape grossière ? Nous sommes ici depuis deux heures ; huit fois Mme Hudson est venue apporter une légère modification à cette silhouette : une fois tous les quarts d'heure. Elle la manipule par-devant, de façon que son ombre n'apparaisse pas. Ah !... »

Il retint son souffle. Je le vis avancer la tête ; toute son attitude était contractée, rigide. Mes deux hommes de tout à l'heure étaient peut-être bien encore tapis contre leur porte, je ne les apercevais plus. La rue était paisible et sombre, sauf cet écran jaune lumineux sur lequel se détachait l'ombre noire. Je l'entendis aspirer de l'air sur une note sifflante, ténue, qui traduisait une excitation difficilement contenue. Il me tira en arrière dans l'angle le plus noir de la pièce, et je sentis sa main se poser sur mes lèvres pour m'avertir de ne faire aucun bruit. Ses doigts tremblaient. Jamais je n'avais vu mon ami pareillement ému et pourtant la rue était déserte, lugubrement déserte devant nous.

Mais, soudain, je pris conscience de ce que ses sens aiguisés avaient déjà perçu. Un bruit furtif parvint à mes oreilles : non pas de Baker Street, mais de derrière nous. On ouvrit une porte, puis on la referma. Un moment plus tard, des pas résonnèrent dans le couloir : des pas qui voulaient être silencieux mais dont le bruit se répercutait à travers la maison vide. Holmes se colla littéralement contre le mur et je l'imitai, non sans avoir refermé une main sur la crosse de mon revolver. En sondant l'obscurité, je distinguai une vague forme humaine légèrement plus sombre que le noir de la porte ouverte. L'homme s'arrêta un instant, puis avança lentement, recroquevillé, menaçant, dans la pièce. Il parvint à trois mètres de nous. Déjà je m'étais ramassé pour le recevoir, mais je réalisai qu'il ne se doutait pas le moins du monde de notre présence. Il passa tout près de nous et, doucement, avec précautions, il alla soulever la fenêtre-guillotine de quelques centimètres. Quand il s'agenouilla pour se poster devant cette ouverture, les lumières de la rue qui n'étaient plus tamisées par la crasse des carreaux l'éclairèrent en plein. Il semblait être sous le coup d'une passion folle. Ses yeux brillaient comme deux étoiles, des tics convulsifs déformaient son visage. Il avait un certain âge, un nez mince très accentué, un front haut et dégarni, une grosse moustache poivre et sel, un haut-de-forme rejeté derrière la tête ; il était en habit, et son plastron blanc étincelait sous le pardessus déboutonné. Sa figure était bronzée, maigre, creusée par des rides profondes qui lui donnaient un aspect féroce. Dans une main, il portait quelque chose qui ressemblait à une canne, mais quand il le posa par terre l'objet rendit un son métallique. Il tira d'une poche de son manteau un instrument volumineux et il s'absorba ensuite dans une opération qui se termina sur un bruit sec, comme si un ressort ou un verrou s'était déclenché. Toujours agenouillé sur le plancher, il se courba en avant et appuya de toute sa force et de tout son poids sur un levier ; j'entendis un long grincement qui se termina encore sur un déclic. Il se redressa alors, et je vis qu'il tenait à la main une sorte de fusil avec une crosse bizarre. Il ouvrit la culasse, introduisit à l'intérieur quelque chose et la referma. Puis, blotti par terre, il fit reposer le bout du canon sur le rebord de la fenêtre entrouverte. Je vis sa moustache caresser la crosse et ses yeux briller en cherchant la ligne de mire[1]. Je l'entendis pousser un petit soupir de satisfaction quand il épaula : cette cible étonnante, l'homme noir bien dessiné sur le fond jaune, était dans l'axe de son fusil. Il s'immobilisa. Enfin, son doigt pressa la détente. J'entendis un bruit sourd, un sifflement, et le son argentin d'une vitre brisée. Au même instant, Holmes bondit comme un tigre sur le dos du tireur et le jeta face contre terre. L'homme se releva pourtant et avec une force convulsive attrapa Holmes par la gorge. Je m'élançai et l'assommai d'un coup de crosse de mon revolver. Je tombai sur lui et le maintins tandis que mon camarade lançait un coup de sifflet aigu. Sur le trottoir, des pas se précipitèrent ; deux agents et un policier en civil firent irruption par la porte de devant.

« Est-ce vous, Lestrade ? demanda Holmes.

1. ***Ligne de mire*** : ligne droite imaginaire recherchée par l'œil du tireur.

– Oui, monsieur Holmes. J'ai pris moi-même l'affaire en main. Je suis bien content de vous voir de retour à Londres, monsieur !

– Je crois que vous avez un peu besoin d'un concours extra-officiel. Trois crimes impunis en une année, c'est trop, Lestrade ! Mais vous avez conduit l'affaire Molesey avec moins de… c'est-à-dire très brillamment, Lestrade ! »

Nous nous étions tous relevés. Notre prisonnier encadré par les agents haletait. Déjà des badauds se rassemblaient dans la rue. Holmes tira la vitre, ferma la fenêtre, baissa le store. Lestrade s'était muni de deux bougies. Les agents démasquèrent leurs lanternes. Je pus enfin observer à ma guise l'homme que nous avions capturé.

Il avait un visage viril et sinistre. Le front était d'un penseur, la mâchoire d'un jouisseur. Il était doué, au départ de la vie, également pour le bien et pour le mal. Mais on ne pouvait pas regarder ses yeux bleus cruels, ses paupières cyniquement tombantes, son nez agressif, son front sillonné de plis menaçants sans être frappé par l'avertissement que nous donnait la nature sur le côté dangereux de son caractère. Il ne faisait nulle attention à nous ; son regard était fixé sur Holmes ; la haine et l'admiration s'y mêlaient.

« Démon ! marmonna-t-il. Démon de l'enfer ! Vous êtes d'une habileté infernale.

– Ah ! colonel ! fit Holmes en remettant de l'ordre dans son col froissé. Les voyages finissent toujours par réunir les amoureux, comme on dit ! Je ne crois pas que j'aie eu le plaisir de vous voir depuis que vous m'avez comblé d'attentions quand j'étais sur ma plate-forme au-dessus des chutes de Reichenbach. »

Le colonel continuait à contempler mon ami comme s'il était hypnotisé.

« Rusé démon ! Démon de l'enfer ! »

C'était tout ce qu'il pouvait dire.

« Je n'ai pas encore fait les présentations, minauda Holmes. Cet homme, messieurs, est le colonel Sebastian Moran, ancien officier de l'armée des Indes, et le meilleur tireur de gros gibier de tout notre Empire d'Orient[1]. Je crois que je ne me trompe pas, colonel, en disant que votre record de tigres tués est toujours debout ? »

Le farouche vieil homme ne dit rien, mais ses yeux ne quittaient pas mon compagnon. Avec son regard féroce et sa moustache hérissée, il ressemblait lui-même à un tigre.

« Je m'étonne qu'un stratagème aussi simple ait pu tromper un vieux renard comme vous, dit Holmes. Vous deviez pourtant avoir l'habitude : attacher à un arbre un agneau ou une chèvre, l'avoir bien à portée de votre fusil, et attendre que l'appât attire le tigre ? Cette maison vide est mon arbre, et vous êtes mon tigre. Vous deviez posséder d'autres fusils en réserve pour le cas où plusieurs tigres viendraient ou pour le cas, beaucoup plus improbable, où vous rateriez votre coup ? Voici mes autres fusils. La réplique est parfaite. »

Le colonel Moran avança d'un pas en poussant un véritable cri de rage. Mais les agents le tirèrent en arrière. La fureur qui se lisait sur sa figure était horrible à voir.

« J'avoue que vous m'avez tout de même réservé une petite surprise, poursuivit Holmes imperturbable. Je n'avais pas prévu que vous feriez usage de cette maison vide et de cette fenêtre adéquate. Je m'imaginais que vous opéreriez de la rue, où vous attendaient mon ami Lestrade et ses joyeux compagnons. Cette exception mise à part, tout s'est passé comme je m'y attendais. »

Le colonel Moran se tourna vers le policier officiel.

« Vous pouvez avoir, ou ne pas avoir, un motif sérieux pour m'arrêter, dit-il. Mais il n'y a aucune raison pour me soumettre aux railleries de ce personnage. Si je suis entre les mains de la loi, que les choses se déroulent alors dans la légalité !

– Ma foi, voilà qui est assez raisonnable ! fit Lestrade. Vous n'avez rien à dire de plus, monsieur Holmes, avant que nous prenions congé de vous ? »

---

1. ***Empire d'Orient*** : la Grande-Bretagne était alors une grande puissance coloniale, les Indes, l'Australie, la Nouvelle-Zélande, la Perse… étaient sous sa domination.

Holmes avait ramassé le puissant fusil à vent ; il en examinait soigneusement le mécanisme.

« C'est une arme admirable, unique en son genre ! fit-il. Elle ne fait pas de bruit et sa puissance de feu est terrible. J'ai connu von Herder, l'ingénieur allemand aveugle qui l'a construite sur la commande de feu le professeur Moriarty. Depuis des années, je connaissais son existence, mais je n'avais jamais eu l'occasion de la manier. Je la recommande tout spécialement à votre attention, Lestrade, ainsi que les balles qui s'y adaptent.

– Faites-moi confiance pour cela, monsieur Holmes ! », répondit Lestrade qui ajouta en se dirigeant vers la porte : « Vous n'avez rien d'autre à dire ?

– Simplement une question : quelle accusation avez-vous l'intention de produire ?

– Quelle accusation, monsieur ? Mais, naturellement, celle d'avoir voulu assassiner M. Sherlock Holmes !

– Non, non, Lestrade ! Je ne tiens pas du tout à paraître dans cette histoire. À vous, et à vous seul, revient le mérite d'avoir opéré une arrestation sensationnelle. Oui, Lestrade, mes compliments ! Avec votre habituel mélange d'audace et d'astuce, vous l'avez eu.

– Je l'ai eu ? Eu qui, monsieur Holmes ?

– L'homme que tout Scotland Yard a vainement recherché ! Le colonel Sebastian Moran, qui a tué l'Honorable Ronald Adair avec une balle explosive de fusil à vent tirée par la fenêtre ouverte du deuxième étage du 427, Park Lane, le 30 du mois dernier. Voilà l'accusation, Lestrade. Et maintenant, Watson, si vous pouvez supporter le courant d'air d'un carreau cassé, je crois qu'une demi-heure passée dans mon bureau en compagnie d'un bon cigare vous divertira confortablement. »

Notre ancien appartement n'avait pas changé, grâce à la vigilance lointaine de Mycroft Holmes et à celle, plus immédiate, de Mme Hudson. Quand j'entrai, je remarquai, c'est vrai, un manque de désordre qui me choqua un peu. Mais les vieux points de repère étaient tous à leur place. Il y avait le coin pour la chimie et la table en bois blanc avec ses taches d'acide. Sur une étagère, il y avait en file tous les registres formidables et tous les carnets que tant de nos compatriotes auraient brûlés avec joie. Les graphiques, l'étui du violon, le râtelier à pipes, et même la babouche au fond de laquelle il y avait du tabac m'accueillirent comme par le passé. Dans la pièce se tenaient deux personnes. L'une était Mme Hudson qui rayonnait quand nous fîmes notre entrée. L'autre, cet étrange mannequin qui avait tenu un rôle si important dans notre aventure de la soirée. C'était une figurine de cire représentant mon ami, si admirablement composée qu'on pouvait à bon droit, de loin, s'y méprendre. Elle était posée sur un petit pupitre, le bas du buste enveloppé dans une vieille robe de chambre de Holmes.

« J'espère que vous avez observé toutes les précautions possibles, madame Hudson ? questionna Holmes.

– Je me déplaçais à genoux, monsieur, comme vous me l'aviez dit.

– Excellent ! Vous avez admirablement joué le coup. Avez-vous repéré la trajectoire de la balle ?

– Oui, monsieur. Je crains qu'elle n'ait abîmé votre beau buste, car elle a traversé la tête et elle s'est aplatie contre le mur. Je l'ai ramassée sur le tapis. La voilà ! »

Holmes me la tendit.

« Une balle tendre de revolver, comme vous voyez, Watson. C'est une idée géniale, car qui s'attendrait à ce qu'un pareil projectile fût tiré par un fusil à vent ? Très bien, madame Hudson ! Je vous suis fort obligé pour le concours que vous m'avez apporté. Et maintenant, Watson, prenez place une fois de plus sur votre vieux fauteuil ; il y a plusieurs points dont j'aimerais discuter avec vous. »

Il avait retiré la redingote râpée. Du coup, c'était le Holmes d'autrefois, drapé dans la robe de chambre gris souris qu'il avait arrachée au mannequin.

« Les nerfs du vieux colonel n'avaient rien perdu de leur équilibre, ni ses yeux de leur acuité ! fit-il en riant pendant qu'il examinait le front fracassé de son buste. Le plomb au milieu de la nuque visait le cerveau en plein ! Il était le meilleur tireur des Indes, et je ne crois pas qu'il y en ait beaucoup de plus forts que lui en Angleterre. Le connaissiez-vous de nom ?

– Ma foi non !

– Voilà bien la renommée ! Il est vrai que, si mes souvenirs ne me trompent pas, vous ne connaissez pas non plus le nom du professeur Moriarty, l'un des plus grands cerveaux de ce siècle. Faites-moi passer, s'il vous plaît, mon index des biographies qui est sur l'étagère. »

Bien enfoncé dans son fauteuil, il tourna paresseusement les pages en soufflant de gros nuages de fumée.

« Ma collection de M est assez remarquable ! dit-il. Il suffirait déjà de Moriarty pour rendre n'importe quelle lettre illustre, et voici Morgan l'empoisonneur, et Merridew d'abominable mémoire, et Matthews qui knock-outa ma canine gauche [1] dans la salle d'attente de Charing Cross [2], et, enfin, voici notre ami de ce soir. »

Il me repassa le livre et je lus : « Moran, Sebastian, colonel. Sans emploi. Précédemment au Ier pionniers du Bengale [3]. Né à Londres en 1840. Fils de Sir Augustus Moran, compagnon de l'Ordre du Bain [4], jadis ministre britannique en Perse. Élevé à Eton [5] et à Oxford [6]. A servi dans la campagne du Jowacki, dans la campagne d'Afghanistan [7], dans la campagne du Charasiah (aux dépêches) dans le Sherpur et à Kaboul [8]. Auteur de *La*

---

1. ***Knock-outa ma canine gauche*** : mit hors jeu ma canine gauche.
2. ***Charing Cross*** : une des gares de Londres.
3. ***Bengale*** : région de l'Inde.
4. ***Ordre du Bain*** : ordre de chevalerie devenu au début du XVIIIe siècle une récompense militaire.
5. ***Eton*** : établissement scolaire anglais réputé pour la qualité de son enseignement.
6. ***Oxford*** : université anglaise très renommée.
7. ***Afghanistan*** : à deux reprises, au XIXe siècle, les Anglais tentèrent de coloniser l'Afghanistan, pays frontalier de la Perse.
8. ***Kaboul*** : capitale de l'Afghanistan.

Chasse aux fauves dans l'Ouest himalayen, de 1881 ; de *Trois mois dans la jungle*, de 1884. Adresse : Conduit Street. Clubs : l'Anglo-Indien, le Tankerville, le Cercle de Bagatelle. »

Sur la marge était écrit de la main ferme de Holmes : « Le dangereux n° 2 à Londres. »

« Cela est étonnant ! remarquai-je en lui rendant le livre. Le passé de cet homme est celui d'un officier des plus honorables.

– Exact ! répondit Holmes. Jusqu'à un certain moment, il a agi correctement. Il a toujours possédé des nerfs d'acier, et on raconte encore aux Indes comment il est descendu dans une tranchée pour poursuivre un tigre blessé qui dévorait des hommes. Il y a des arbres, Watson, qui poussent jusqu'à une certaine hauteur et puis qui tout à coup développent une protubérance horrible. Souvent, les hommes ressemblent à de tels arbres. Je professe une théorie selon laquelle l'individu représente dans son développement toute la série de ses ancêtres, ses brusques orientations vers le bien ou vers le mal traduisant une puissante influence qui trouve son origine dans son pedigree. L'individu devient, en quelque sorte, le résumé de l'histoire de sa propre famille.

– Théorie assez fantaisiste !

– N'insistons pas. Pour je ne sais quelle cause, le colonel Moran a mal tourné. Il n'y eut pas aux Indes de scandale à proprement parler, mais il lui fut impossible d'y séjourner plus longtemps. Il prit sa retraite, vint à Londres, et s'y fit encore une triste réputation. Ce fut à ce moment qu'il fut embauché par le professeur Moriarty à qui il servit quelque temps de chef d'état-major. Moriarty lui fournissait libéralement de l'argent et ne se servit de lui que pour une ou deux affaires de très grande classe qu'aucun criminel banal n'aurait pu réussir. Vous rappelez-vous la mort de Mme Stewart, de Lauder, en 1887 ? Non ? Eh bien, je suis sûr que Moran en fut l'artisan ; mais pas de preuves, comprenez-vous ? Le colonel était si habilement camouflé que, lorsque la bande Moriarty fut démasquée, il nous fut impossible de l'incriminer. Vous souvenez-vous de ce soir où je vins chez vous, et où je fermai les volets par crainte du fusil à vent ? Vous m'avez cru en plein délire. Or je savais exactement ce que je faisais, car, je n'ignorais pas l'existence de cette arme formidable, et j'avais de solides raisons de croire que l'un des meilleurs tireurs du monde était derrière. Quand nous étions en Suisse, il nous suivait avec Moriarty, et c'est lui, indubitablement, qui me fit transpirer sang et eau pendant ces cinq minutes mortelles au-dessus des chutes de Reichenbach.

Vous pensez bien que, durant mon séjour en France, je lisais attentivement les journaux. Je guettais la première occasion de le pincer. Tant qu'il se trouvait à Londres et en liberté, il était inutile que je me remisse à vivre comme avant : nuit et jour, la menace aurait plané sur moi, et tôt ou tard, il aurait eu sa chance. Que faire ? Le tuer à vue ? J'aurais été condamné par tous les jurys d'Angleterre. Faire appel à un magistrat ? Mais un magistrat ne peut pas intervenir sur ce qui lui aurait paru n'être qu'un soupçon insensé. Je ne pouvais donc rien tenter. Je me bornais à me tenir au courant des nouvelles criminelles et des faits divers, attendant mon jour. Sur ces entrefaites, j'appris la mort de ce Ronald Adair. Enfin, la chance se remettait dans mon jeu ! Sachant ce que je savais, comment douter que l'assassin fût le colonel Moran ? Il avait joué aux cartes avec la victime ; il l'avait suivie du cercle jusqu'à sa demeure ; il l'avait tuée en tirant par la fenêtre ouverte. Voyons, le doute n'est pas permis ! Les balles seules suffisent à lui faire passer la tête dans le nœud coulant. J'arrivai immédiatement à Londres. Je me fis voir par la sentinelle qui, bien entendu, avertit le colonel de ma présence à Baker Street. Le colonel ne pouvait pas manquer d'établir un rapprochement entre mon retour inopiné et le crime, donc d'être sérieusement inquiet. J'étais sûr qu'il essaierait sans perdre un jour de se débarrasser de moi et qu'il se servirait de son arme secrète pour m'abattre. Je lui offris une cible excellente derrière ma fenêtre et j'avertis la police que je pourrais avoir besoin d'elle. À propos, Watson, vous avez témoigné d'un flair infaillible en me signalant la présence de ces deux subordonnés de Lestrade se dissimulant dans une porte… J'ai pris poste dans ce que je croyais être un excellent observatoire, mais jamais je n'avais pensé qu'il choisirait le même endroit pour son affût. À présent, mon cher Watson, reste-t-il quelque chose à vous expliquer ?

– Oui. Vous ne m'avez pas dit pourquoi le colonel Moran avait assassiné l'Honorable Ronald Adair.

– Ah ! mon cher Watson, là nous entrons dans le domaine des conjectures où l'esprit le plus logique peut être pris en défaut ! À chacun de se forger une hypothèse d'après les faits connus ; la vôtre peut s'avérer aussi juste que la mienne.

– Donc vous avez une idée ?

– Je crois qu'il est assez facile d'expliquer les faits. Il a été établi que le colonel Moran et le jeune Adair avaient gagné ensemble une somme d'argent considérable. Or, je sais depuis longtemps que Moran ne joue pas correctement aux cartes. Je crois que le jour du crime, Adair découvrit que Moran trichait. Très vraisemblablement, il lui avait parlé en tête à tête et l'avait menacé de le démasquer s'il ne démissionnait pas du cercle de son plein gré et s'il ne lui donnait pas sa parole d'honneur qu'il ne toucherait plus une carte. Un jeune homme comme Adair ne se serait pas risqué à provoquer un scandale public en démasquant un homme connu et beaucoup plus âgé que lui. Il a dû agir comme je vous l'ai dit. Mais pour Moran, son exclusion des cercles de jeu signifiait la ruine, puisqu'il vivait de ses gains illicites. Voilà pourquoi il a tué Adair au moment où celui-ci essayait de faire le compte de l'argent qu'il voulait restituer, car le jeune aristocrate ne voulait pas profiter des tricheries de son partenaire. Et il avait fermé sa porte, de peur que les dames ne le surprissent et ne voulussent savoir ce qu'il était en train de faire avec ces noms et cet argent. Est-ce une hypothèse admissible ?

– C'est sûrement la vérité ! Vous avez mis dans le mille.

– Au procès nous verrons si je me suis trompé. En attendant, le colonel Moran ne nous causera plus de soucis, le fameux fusil à vent de von Herder embellira le musée de Scotland Yard [1], et voici à nouveau M. Sherlock Holmes libre de vouer son existence, s'il lui plaît, aux petits problèmes dont fourmille la vie londonienne. »

---

1. ***Scotland Yard*** : nom de la police londonienne.

DOSSIER

- Êtes-vous un lecteur attentif ?
- Duel au sommet
- Sur les pas de Sherlock Holmes
- Avez-vous le sens du détail ?
- La mort aux trousses
- Le crime était presque parfait
- Testez votre culture policière
- Un peu d'histoire littéraire

Êtes-vous un lecteur attentif ?

Autour de Conan Doyle

Trouvez les bonnes réponses en vous reportant éventuellement à l'introduction et à la chronologie.

1. Conan Doyle était de nationalité irlandaise.
2. Avant d'être écrivain, Conan Doyle fut médecin.
3. Edgar Poe était un grand admirateur de Conan Doyle.
4. C. Doyle est aussi l'auteur de romans historiques.
5. C. Doyle était un adepte du spiritisme.
6. C. Doyle fut anobli à Buckingham Palace.
7. C. Doyle est l'auteur des *Exploits de Sherlock Holmes*.

Le Dernier Problème

1. Le prénom du frère de Sherlock Holmes est...

A. James
B. John
C. Mycroft.

2. Sherlock Holmes a disparu en...

A. mars 1890
B. mai 1891
C. mai 1892.

3. Sherlock Holmes a disparu...

A. dans les Alpes
B. en Allemagne
C. en Suisse.

4. L'appartement de Sherlock Holmes a pour adresse...

A. Baker Street
B. Bond Street
C. Butcher Street.

5. Le récit de la disparition de Sherlock Holmes a paru dans...

A. *La Dépêche de Lausanne*
B. *Les Nouvelles de Suisse*
C. *Le Journal de Genève*.

6. Watson a conservé deux objets ayant appartenu à Sherlock Holmes...

A. sa pipe et son alpenstock
B. son étui à cigarettes et son alpenstock
C. sa casquette et son alpenstock.

7. Le professeur Moriarty a publié un brillant traité sur...

A. la théorie de la relativité d'Einstein
B. le binôme de Newton
C. le théorème de Pythagore.

8. Sherlock Holmes compare le professeur Moriarty à...

A. un renard madré
B. un oiseau de proie
C. une araignée tissant sa toile.

9. Pour échapper à ses poursuivants à Victoria Station, Sherlock Holmes prend l'habit d'un...

A. pasteur anglais
B. ecclésiastique italien
C. abbé espagnol.

10. S'il élimine le professeur Moriarty, Sherlock Holmes consacrera sa retraite à...

A. ses études chimiques
B. la rédaction de ses mémoires
C. des voyages à travers le monde.

La Maison vide

1. Entre le meurtre de Ronald Adair et le récit qu'en fait Watson, il s'est écoulé...

A. huit ans
B. dix ans
C. douze ans.

2. Le jour de sa mort, Ronald Adair avait joué...

A. au whist
B. au bridge
C. aux échecs.

3. Ronald Adair et son futur meurtrier ont gagné ensemble au jeu la coquette somme de...

A. 140 livres
B. 220 livres
C. 240 livres.

4. Ronald Adair a été assassiné...

A. entre 22 heures et 23 h 20
B. entre 22 h 20 et 23 h 20
C. entre 22 h 20 et 23 heures.

5. Lors de son duel avec le professeur Moriarty, Sherlock Holmes s'est débarrassé de lui grâce à sa pratique...

A. du karaté
B. de l'aïkido
C. de l'haritsu.

6. Lors de son exil hors d'Angleterre, Sherlock Holmes a rencontré...

A. le calife de La Mecque
B. le calife de Perse
C. le calife de Khartoum.

7. Sherlock Holmes réapparaît sous les yeux de Watson...

A. au mois de mars
B. au mois d'avril
C. au mois de mai.

8. **Le colonel Moran a servi comme officier dans...**

A. l'armée coloniale australienne
B. l'armée d'Égypte
C. l'armée des Indes.

9. **Le colonel Moran a tenté d'assassiner Sherlock Holmes au moyen d'un...**

A. revolver
B. fusil à vent
C. fusil à canon court.

10. **Envers Lestrade, l'agent de Scotland Yard, Sherlock Holmes se montre...**

A. admiratif
B. reconnaissant
C. ironique.

Duel au sommet

Le grand Sherlock Holmes ne pouvait mourir de manière banale, victime d'un obscur malfrat. À détective de génie, adversaire hors pair ! Aussi Sherlock Holmes et le professeur Moriarty se ressemblent-ils sur bien des points ; seules leurs activités diffèrent : l'un a opté pour le Bien, l'autre pour le Mal. En vous référant au texte du *Dernier Problème*, complétez le tableau de la p. 77 à l'aide des propositions suivantes :

plus blanc et plus maigre que d'habitude ; extrêmement grand et mince ; dons phénoménaux en mathématiques ; talents prestigieux ; adversaire qui était sur le plan intellectuel mon égal ; ne pas avoir utilisé pour le Mal les dons qui m'ont été impartis ; le plus dangereux criminel ; doigts minces ; silhouette élancée ; recherches chimiques ; grande joie intellectuelle ; le plus grand champion de la loi ; imberbe, pâle, ascétique de visage ; génie, philosophe, penseur de l'abstrait ; cerveau de premier ordre ; Napoléon du crime.

	Sherlock Holmes	Professeur Moriarty
Physique		
Goûts		
Capacités intellectuelles		
Activités		

Sur les pas de Sherlock Holmes

Du *Dernier Problème* à *La Maison vide*, Sherlock Holmes a franchi beaucoup de frontières. Reliez chacune des villes qu'il a visitées au pays et au continent qui les abritent.

Lhassa •	• France •	
Florence •	• Soudan •	
La Mecque •	• Belgique •	• Asie
Montpellier •	• Suisse •	• Europe
Khartoum •	• Tibet •	• Afrique
Bruxelles •	• Arabie Saoudite •	
Meiringen •	• Italie •	

Avez-vous le sens du détail ?

1. Êtes-vous physionomiste ? Complétez ce portrait du colonel Moran, extrait de *La Maison vide*.

Il avait un certain âge, un nez .... très accentué, un front haut et ...., une grosse moustache poivre et ...., un .... rejeté derrière la tête [...] Sa figure était bronzée, maigre, ... par des rides profondes qui lui donnaient un aspect .... On ne pouvait pas regarder ses yeux.............. cruels, ses paupières cyniquement ...., son .... agressif, son front .... de plis menaçants sans être frappé par l'avertissement que nous donnait la nature sur le côté dangereux de son caractère [...] Avec son regard féroce et sa moustache hérissée, il ressemblait [...] à un ....

2. Dans *La Maison vide*, Watson retrouve avec un vif plaisir l'appartement de Baker Street et les objets dont Sherlock Holmes aime à s'entourer. Des intrus se sont glissés dans la liste suivante. Chassez-les.

Mappemonde – Râtelier à pipes – Étui à cigarettes
Vieilles pantoufles – Étui à violon – Matériel de chimie
Partitions – Registres et carnets – Babouche
Verres à whisky – Graphiques

La mort aux trousses

Dans *Le Dernier Problème*, Sherlock Holmes se compare à un chasseur poursuivant un gibier. De fait, une enquête offre de nombreuses similitudes avec l'univers de la chasse : dans les romans à énigmes, fréquentes sont les expressions qui lui sont empruntées. Retrouvez-les.

1. Un détective sagace, tel un bon chien de chasse, doit être doté d'un .... infaillible. C'est cette qualité qui le met sur la bonne .... Il mérite le nom de fin ....

2. Dans *La Maison vide*, Sherlock Holmes et Watson, cachés, surveillent Baker Street : ils sont à .... Le mannequin de cire de Holmes leur sert d'.............. pour attirer leur gibier. Pris au ...., le colonel Moran, entouré des agents de Scotland Yard, de Holmes et de Watson, ne peut plus s'échapper : il est aux ....

Le crime était presque parfait

1. Sans l'intervention de Sherlock Holmes, la police n'aurait sans doute jamais éclairci le mystère du meurtre de Ronald Adair, comme en témoigne le compte-rendu de l'affaire. À vous de le compléter en utilisant le vocabulaire spécifique à une enquête policière.

Un .... a été perpétré le 30 mars 1894 sur la personne d'un jeune aristocrate, Ronald Adair, alors que la .... se trouvait à son domicile, 427 Park Lane, Londres, selon la .... d'une domestique. D'après les premiers éléments de l'.............. et l'examen du .... de Ronald Adair, le .... a été commis au moyen d'une.............. à feu. En l'absence de tout .... susceptible de fournir des renseignements, les .... de la police risquent d'être fort longues. De plus, on ne connaît pas d'ennemi au paisible Ronald Adair : aucun .... n'a donc pu être interpellé. Aussi de nombreuses questions restent sans réponse : quelle est l'identité du .... ? Quel peut être le .... d'un tel assassinat ?
Face à une .... d'une telle complexité, on ne peut que déplorer la disparition du plus grand des .... : Sherlock Holmes !

2. Afin d'établir son innocence, un suspect doit prouver qu'il n'était pas présent sur le lieu du crime.

Il doit avoir un ....
Connaissez-vous l'étymologie du mot que vous avez trouvé ?
....

3. Complétez les phrases suivantes à l'aide des verbes contenus dans la liste ci-dessous :

examiner – déduire – élucider
déceler – suspecter – formuler une hypothèse

1. Sherlock Holmes a .... sans difficulté le mystère du meurtre de Ronald Adair.
2. Jamais la police n'aurait eu l'idée de .... le colonel Moran.
3. Lorsqu'il a appris que Ronald Adair avait été tué d'une balle explosive de revolver, Sherlock Holmes en a aussitôt .... que l'arme du crime était un fusil à vent.
4. Il était impossible de .... sur le visage du colonel Moran la moindre trace de remords.
5. Ronald Adair menait une vie sans histoires : il était donc difficile de .... sur l'identité de son meurtrier.
6. À l'instar de Sherlock Holmes, Watson s'était rendu sur le lieu du crime afin de l'...............

Testez votre culture policière

1. Associez à chacun de ces fins limiers le nom de son créateur et le titre de l'œuvre dont il est le héros.

Agatha Christie (deux fois) •	• Chevalier Dupin •	• *Le Crime de l'Orient-Express*
Georges Simenon •	• Miss Marple •	• *Le Mystère de la Chambre Jaune*
Gaston Leroux •	• Maigret •	• *La Lettre volée*
Edgar Allan Poe •	• Rouletabille •	• *Le Chien jaune*
	• Hercule Poirot •	• *L'Affaire Prothero*

2. Tous les personnages ci-dessus n'ont pas leur pareil pour mener une enquête et élucider une énigme ; mais l'un d'entre eux a un statut différent.

Lequel ? ....

Un peu d'histoire littéraire

Edgar Poe, *Double Assassinat dans la rue Morgue*

Dans *Double Assassinat dans la rue Morgue* d'Edgar Poe, le cadavre de Mlle l'Espanaye a été retrouvé dans la chambre d'un appartement. Voici des extraits des dépositions des témoins :

Quatre des témoins ci-dessus mentionnés ont été assignés de nouveau et ont déposé que la porte de la chambre où fut trouvé le corps de Mlle l'Espanaye était fermée en dedans quand ils y arrivèrent. Tout était parfaitement silencieux ; ni gémissements ni bruits d'aucune espèce. Après avoir forcé la porte, ils ne virent personne.

Les fenêtres, dans la chambre de derrière et dans celle de face, étaient fermées et solidement assujetties en dedans. Une porte de communication était fermée, mais pas à clef. La porte qui conduit de la chambre du devant au corridor était fermée à clef, et la clef en dedans ; une petite pièce sur le devant de la maison, au quatrième étage, à l'entrée du corridor, ouverte, et la porte entrebâillée ; cette pièce, encombrée de vieux bois de lit, de malles, etc. On a soigneusement dérangé et visité tous ces objets. Il n'y a pas un pouce d'une partie quelconque de la maison qui n'ait été soigneusement visité. On a fait pénétrer des ramoneurs dans les cheminées. La maison est à quatre étages avec des mansardes. Une trappe qui donne sur le toit était condamnée et solidement fermée avec des clous ; elle ne semblait pas avoir été ouverte depuis des années [...]

Quelques témoins, rappelés, certifient que les cheminées dans toutes les chambres, au quatrième étage, sont trop étroites pour livrer passage à un être humain. Quand ils ont parlé de ramonage, ils voulaient parler de ces brosses en forme de cylindres dont on se sert pour nettoyer les cheminées. On a fait passer ces brosses du haut en bas dans tous les tuyaux de la maison. Il n'y a sur le derrière de la maison aucun passage qui ait pu favoriser la fuite d'un assassin, pendant que les témoins montaient l'escalier. Le corps de Mlle l'Espanaye était si solidement engagé dans la cheminée qu'il a fallu, pour le retirer, que quatre ou cinq des témoins réunissent leurs forces [...]

Quoique plusieurs autres personnes aient été interrogées, on n'a pu obtenir aucun autre renseignement d'une valeur quelconque. Jamais assassinat si mystérieux, si embrouillé n'a été commis à Paris, si toutefois il y a eu assassinat.

La police est absolument déroutée, – cas fort usité dans les affaires de cette nature. Il est vraiment impossible de retrouver le fil de cette affaire.

Edgar Poe, *Double Assassinat dans la rue Morgue*, trad. Ch. Baudelaire, GF-Flammarion, « Étonnants classiques », 1996, rééd. 2006, p. 39-42.

De quelle nouvelle de Conan Doyle, grand lecteur d'Edgar Poe, pouvez-vous rapprocher l'extrait ci-dessus ?

....
....
....
....

Quel type de mystère racontent les deux récits ?

....
....
....
....

Gaston Leroux, *Le Mystère de la Chambre Jaune*

Voici le tout début d'un autre roman policier très célèbre, *Le Mystère de la Chambre Jaune*, écrit par Gaston Leroux.

Ce n'est pas sans une certaine émotion que je commence à raconter ici les aventures extraordinaires de Joseph Rouletabille. Celui-ci, jusqu'à ce jour, s'y était si formellement opposé que j'avais fini par désespérer de publier jamais l'histoire policière la plus curieuse de ces quinze dernières années. J'imagine même que le public n'aurait jamais connu « toute la vérité » sur la prodigieuse affaire dite de la « Chambre Jaune », génératrice de tant de mystérieux et cruels et sensationnels drames, et à laquelle mon ami fut si intimement mêlé, si, à propos de la nomination de l'illustre Stangerson au grade de grand-croix de la Légion d'honneur, un journal du soir, dans un article misérable d'ignorance ou d'audacieuse perfidie, n'avait ressuscité une terrible aventure que Joseph Rouletabille eût voulu savoir, me disait-il, oubliée pour toujours [...] Le monde entier fut penché pendant des mois sur ce problème obscur – le plus obscur à ma connaissance qui ait jamais été proposé à la perspicacité de notre police, qui ait jamais été posé à la conscience de nos juges. La solution de ce problème affolant, chacun la chercha. Ce fut comme un dramatique rébus sur lequel s'acharnèrent la vieille Europe et la jeune Amérique. C'est qu'en vérité – il m'est permis de le dire « puisqu'il ne saurait y avoir en tout ceci aucun amour-propre d'auteur » et que je ne fais que transcrire des faits sur lesquels une documentation exceptionnelle me permet d'apporter une lumière nouvelle – c'est qu'en vérité, je ne sache pas que, dans le domaine de la réalité ou de l'imagination, même chez l'auteur du *Double Assassinat dans la rue Morgue*, même dans les inventions des sous-Edgar Poe et des truculents Conan Doyle, on puisse retenir quelque chose de comparable, QUANT AU MYSTÈRE, « au naturel mystère de la Chambre Jaune ».

Gaston Leroux, *Le Mystère de la Chambre Jaune*,
GF-Flammarion, « Étonnants classiques », 2003, rééd. 2007, p. 39-40.

Qui est le narrateur au début du *Mystère de la Chambre Jaune* et du *Dernier Problème* ?

Quels sont le but et les mobiles de ce narrateur ?

Le sujet traité par les deux textes est-il le même ?

....

....

....

....

....

Pourquoi, à votre avis, le narrateur fait-il allusion à Edgar Poe et à Conan Doyle ?

Comment Conan Doyle est-il situé dans le panthéon littéraire du narrateur, par rapport à Edgar Poe ?

....

....

....

....

Notes et citations

Notes et citations

Les classiques et les contemporains dans la même collection

LES MILLE ET UNE NUITS
Ali Baba et les quarante voleurs (2048)
Le Pêcheur et le Génie. Histoire de Ganem (2009)
Sindbad le marin (2008)

MOLIÈRE
L'Avare (2012)
Le Bourgeois gentilhomme (133)
L'École des femmes (2143)
Les Femmes savantes (2029)
Les Fourberies de Scapin (10)
George Dandin (60)
Le Malade imaginaire (2017)
Le Médecin malgré lui (2089)
Le Médecin volant. La Jalousie du Barbouillé (242)
Les Précieuses ridicules (2061)

MONTESQUIEU
Lettres persanes (2095)

MUSSET
Il faut qu'une porte soit ouverte ou fermée. Un caprice (2149)
On ne badine pas avec l'amour (2100)

OVIDE
Les Métamorphoses (92)

PASCAL
Pensées (2224)

PERRAULT
Contes (2065)

PIRANDELLO
Donna Mimma et autres nouvelles (240)
Six Personnages en quête d'auteur (2181)

POE
Le Chat noir et autres contes fantastiques (2069)
Double Assassinat dans la rue Morgue. La Lettre volée (45)

POUCHKINE
La Dame de pique et autres nouvelles (19)

PRÉVOST
Manon Lescaut (309)

PROUST
Combray (2117)

RABELAIS
Gargantua (2006)
Pantagruel (2052)

RÉCITS DE VOYAGE
Le Nouveau Monde (77)
Les Merveilles de l'Orient (2081)

RENARD
Poil de Carotte (2146)

ROBERT DE BORON
Merlin (80)

ROMAINS
L'Enfant de bonne volonté (2107)

LE ROMAN DE RENART (2014)

ROSNY AÎNÉ
La Mort de la terre (2063)

ROSTAND
Cyrano de Bergerac (2112)

ROUSSEAU
Les Confessions (238)

SAND
Les Ailes de courage (62)
Le Géant Yéous (2042)

SAUMONT (ANNIE)
Aldo, mon ami et autres nouvelles (2141)
La guerre est déclarée et autres nouvelles (223)

SÉVIGNÉ (MME DE)
Lettres (2166)

SHAKESPEARE
Macbeth (215)
Roméo et Juliette (118)

SHELLEY (MARY)
Frankenstein (128)

STENDHAL
Vanina Vanini. Le Coffre et le Revenant (44)

STEVENSON
Le Cas étrange du Dr Jekyll et de M. Hyde (2084)
L'Île au trésor (91)

STOKER
Dracula (188)

SWIFT
Voyage à Lilliput (2179)

TCHÉKHOV
La Mouette (237)
Une demande en mariage et autres pièces en un acte (108)

TITE-LIVE
La Fondation de Rome (2093)

TOURGUÉNIEV
Premier Amour (2020)

TROYAT (HENRI)
Aliocha (2013)

Les anthologies dans la même collection

AU NOM DE LA LIBERTÉ
Poèmes de la Résistance (106)

L'AUTOBIOGRAPHIE (2131)

BAROQUE ET CLASSICISME (2172)

LA BIOGRAPHIE (2155)

BROUILLONS D'ÉCRIVAINS
Du manuscrit à l'œuvre (157)

« C'EST À CE PRIX QUE VOUS MANGEZ DU SUCRE... » Les discours sur l'esclavage d'Aristote à Césaire (187)

CEUX DE VERDUN
Les écrivains et la Grande Guerre (134)

LES CHEVALIERS DU MOYEN ÂGE (2138)

CONTES DE L'ÉGYPTE ANCIENNE (2119)

LE CRIME N'EST JAMAIS PARFAIT
Nouvelles policières 1 (163)

DE L'ÉDUCATION
Apprendre et transmettre de Rabelais à Pennac (137)

DES FEMMES (2217)

FÉES, OGRES ET LUTINS
Contes merveilleux 2 (2219)

LA FÊTE (259)

LES GRANDES HEURES DE ROME (2147)

L'HUMANISME ET LA RENAISSANCE (165)

IL ÉTAIT UNE FOIS
Contes merveilleux 1 (219)

LES LUMIÈRES (2158)

LES MÉTAMORPHOSES D'ULYSSE
Réécritures de L'*Odyssée* (2167)

MONSTRES ET CHIMÈRES (2191)

MYTHES ET DIEUX DE L'OLYMPE (2127)

NOIRE SÉRIE...
Nouvelles policières 2 (222)

NOUVELLES DE FANTASY 1 (316)

NOUVELLES FANTASTIQUES 1
Comment Wang-Fô fut sauvé et autres récits (80)

NOUVELLES FANTASTIQUES 2
Je suis d'ailleurs et autres récits (235)

ON N'EST PAS SÉRIEUX QUAND ON A QUINZE ANS
Adolescence et littérature (2156)

PAROLES DE LA SHOAH (2129)

LA PEINE DE MORT
De Voltaire à Badinter (2122)

POÈMES DE LA RENAISSANCE (72)

POÉSIE ET LYRISME (173)

LE PORTRAIT (2205)

RACONTER, SÉDUIRE, CONVAINCRE
Lettres des XVIIe et XVIIIe siècles (2079)

RÉALISME ET NATURALISME (2159)

RISQUE ET PROGRÈS (258)

ROBINSONNADES
De Defoe à Tournier (2130)

LE ROMANTISME (2162)

LE SURRÉALISME (152)

LA TÉLÉ NOUS REND FOUS ! (2221)

TROIS CONTES PHILOSOPHIQUES (311)
Diderot, Saint-Lambert, Voltaire

TROIS NOUVELLES NATURALISTES (2198)
Huysmans, Maupassant, Zola

VIVRE AU TEMPS DES ROMAINS (2184)

VOYAGES EN BOHÈME (39)
Baudelaire, Rimbaud, Verlaine

Création maquette intérieure :
Sarbacane Design.

Composition : IGS-CP.
N° d'édition : L.01EHRN000149N001
Dépôt légal : septembre 2007

GF Flammarion

07/06/129500-VI-2007 – Impr. MAURY Imprimeur, 45330 Malesherbes.
N° d'édition LO1EHRN000149N001. – Septembre 2007. – Printed in France.